ZUI

男友告急

LOVE EMERGENCY

项斯微　著

PRODUCER _ JIN LIHONG LI BO JING M,GUO
CHIEF EDITOR _ CHEN XI GAO YUANQING / CONTRIBUTING EDITOR _ ZHANG YEQING [FROM ZUI]
VISION ART _ SHANGHAI ZUI [ZUI@ZUIFACTOR.COM] / COVER ART _ ADAM.X [FROM ZUI Factor]
TYPESET ART _ FREDIE.L R.JOBIM [FROM ZUI Factor]
MEDIA COORDINATOR _ ZHAO MENG / PRINTING MANAGER _ ZHANG ZHIJIE
INTERNET SUPPORT _ SHANGHAI ZUI [WWW.ZUIBOOK.COM]

CLICK

——我们二十五岁可能会经历的一些事

CONTENTS

序

文/项斯微

走在街上的时候，突然有人拍了一拍我左边的后背。

我往右回过头去一看，就看见了 K。

K 说：“这么多年了，你怎么每次都不上当，都知道我在右边。”

我笑了笑说：“因为我习惯听音辨位。”

我没有说实话。我其实是闻到了来自右边的味道。K 是一个长得很要命的人——如果是帅得要命，我肯定就算抱着他大腿也会多拖延一段时间。

K 身上有一股奇怪的香水味，虽然不难闻，但是我不喜欢。很多年以后，我在朋友家才得知，这是一款法国设计师专门为 gay 设计的香水。K 不懂法文，但喜欢冒充内行。总是自以为什么都懂的模样。天晓得我当年就是被这模样迷住的。

他当然不是gay，因为他是我的某位前男友。

除了他那有些要命的长相，他那一身4A公司的打扮看上去还是人模狗样的，只有我以及他的历任女友才知道，他有着多么龌龊的内心世界。比如，强迫女友在说“我不要”的时候，都必须说“牙买得”，而且不仅仅是在夜晚。这毛病是从日本AV看来的。

比如他问你：“吃早餐吗？”

我不能说“不吃”，我必须说“牙买得吃”。

这个可怕的习惯导致在他之后的那任文艺挂的男友被我吓疯了。他以为我文艺外表下，包藏着一颗AV女优的心。其实在我之前，K只喜欢看欧美的，苍井空那种细腻的美感他都没想象过，是我带领他走上了日系的康庄大道。

K只是我的前男友中的沧海一粟。我的前男友个个极品、包罗万象、八仙过海。用我从小一起长大的好友美环的话来说就是：“男人就像衣服，你不试试怎么知道合适不合适，不合适就脱掉再穿一件。”

所以这些年来，我一直脱脱穿穿，穿穿脱脱。倒是美环自己，一个男人用到底，用坏了也不换。

其实我挺羡慕她的。

……

很久以后我才明白，为什么美环嘴巴上总说要多感受几个男人，才能通过男人感受世界，自己却固守着一个陈启发不换。原来女人经过男人是会变老的，多一个男人，身上就难免留下他的印记、习惯、说话的方式等，很容易就变得气味复杂，痕迹斑斑。我和尤溪身上，总是混杂着各种气味，这使得纯情的男生和花花公子有时会被我们所骗，无故被吸引。但美环身上那种清淡的气质才是吸引真正的好男人的，岁月在她身上沉淀出了单纯的永恒，而给了我们风情万种的……黑眼圈。

尤溪应该算是我的至交好友。和其他朋友比起来，我们总是更亲密一些，像姐妹。作为一个只读完高中就辍学却能在公关公司混到今日的极品，她总是在任何场合都露出的那种“一览众山小”的气势吸引了我。但这不算什么，有时候我们明明在讨论业务，她连珠炮似的发表了一连串咄咄逼人的观点，话到高潮处却突然说：“我觉得我现在应该是在海边吹着海风才对，应该是在森林里面旅行才对，我现在为什么会在说这个啊。”接着就陷入了一种怅然若失的沉思中。

这感觉很令人崩溃，我常怀疑她在室内运动时也是如此，一边呼唤着：“亲爱的，太好了。”然后突然说：“我明明应该在 ××× 身下才对，怎么是你？”

但是尤溪是懂我的，她知道我那套调调。而且我们都坚持，做与爱绝对不能分离，缺一不可，哪怕是小一点儿也不能凑合！这点从我们十七岁认识那天就已经达成了共识。

那是一个秋天的下午，她跟随她们学校的大姐大跑到我们学校来找事儿。我作为本校的非主流、很中庸的学生，只是在一旁观看，从不介入。但就在要打起来的当下，尤溪溜出了队伍走到喷水池边小休，躲过了战事，看见我在吃珍宝珠棒棒糖就问我要一颗。我自然没有多余的。她请我带她去买，我们一路无话。买完棒棒糖好像就那么自然地聊了起来，她忘记了去继续打架我也忘记了回去上课——也许她是故意忘记的。我说：“其实我们这里还有好吃的。”她很干脆地答：“好。”我就又带她去吃了学校后门很好吃的鸡肉卷，三块五，和快餐店里卖的完全没区别却便宜一半。她对我很满意。

大概我们的友谊就是从鸡肉卷开始的吧。

“始于鸡肉卷，就不可能终于什么更高级的东西。”她那离婚多年、风流成性的小姨常常这样点评我和她的友谊。“你们以后不是抢男人就是为了衣服而玩儿完，看着吧。”尤溪曾经把这个当笑话讲给我听——因为我们压根儿就不喜欢同一类型的男人——《落地请开手机》里面的孙红雷除外。

当然，生活中的孙红雷我们也同样迷恋。因为他说过一句至理名言：“我要找的女人，就是那种头几年的激情过后，还能彻夜聊天的。”那是他在一次尤溪主持的公关活动时流露出的真心话。尤溪在向我转述时恨不得把孙红雷潜规则五百遍。

激情……聊天……

鸡肉卷事后证明，那也是尤溪对我最有礼貌最大方也最沉默的一次。她居然还买了一个鸡肉卷给我吃！我们在路边吃得津津有味，不时有卷心菜的碎末和小块番茄从指间坠落，掉在我们差不多难看的校服上，但我们也不管。惺惺相惜的气息就这样从指缝中，从卷心菜中恣意生长蔓延，我和她从此形影不离。她甚至不惜转学到我就读的沙市外语学校。

其实从十七岁那年开始，我们的理想也不过就是在夏天的午后，和一个男人躺在阳台上的藤椅上挨着睡觉。我枕着他的手臂，如同枕着我自己的，我的左手牵着他的右手，会因为睡得过于香甜而放开。不过这样没关系，起床以后我从冰箱里拿出西瓜切开来给他吃。我们一人捧着一牙。我们的猫在我们脚边打转。心情好的时候，吃完西瓜就“运动”，心情不好的时候，我们就继续睡觉。

“这难道不是一个非常简单的理想吗？”我每次都不禁向美环

以及尤溪抱怨道。快嘴的尤溪很快说："从二十岁之后我遇上的男人总是把程序搞反，通常情况下他们总是急不可耐地先做爱，做完之后一脚把我踢下床，叫我赶快去给他们切西瓜。失之毫厘，差之千里。顺序一颠倒，意义就完全不一样了。"

一直不说话的美环则若有所思地沉吟了一下，突然说了一句惊天地泣姐妹的话："我要和陈启发离婚！"

"拜托，你们没有领过证。"尤溪不改她哪壶不开提哪壶的本色。

"随便。"只说了这两个字，美环就突然变得气若游丝了，她那条烟红色的长裙衬得她脸上泛着怪异的光彩，"我想，陈启发找到那个切西瓜的女孩了。妈的。"

那是我第一次听到美环骂脏话，那一刻我们才知道，原来老实如陈启发，竟然也进行了流行的劈腿运动。

那之后，我们用切西瓜来指代灵魂伴侣，而我不清楚，钟勇是不是就是那个能让我起身为他切西瓜的男人。

但是尤溪目前最爱的小胖肯定不是。

只是我们都承认，我们绝对绝对都是灵魂控，只是尤溪忙不迭地加上："宋祖德除外。和他的样貌比，他其实还蛮有灵魂的。"

靠！也只有她这么觉得吧。她果然是什么男人都不放过啊！

CHAPTER 01

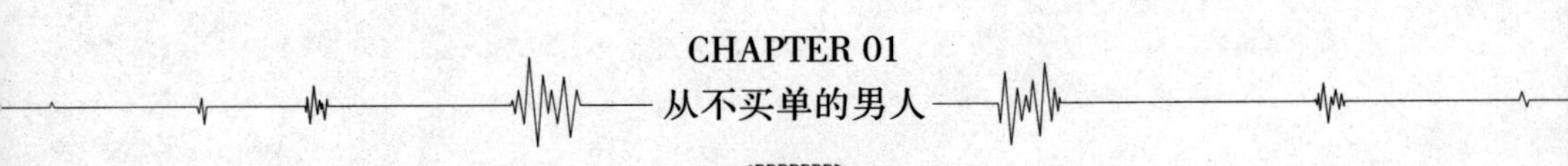

从不买单的男人

K 绝对算不上我所有男友中最具奇闻轶事的。他和小马比起来，小马起码把他甩了八条马路，因为小马从不买单。

说“从不”有点儿夸张。在我们相识的那一个星期内，他在马路边的投币机里买过一瓶可口可乐给我喝，请我吃过若干脏死人的小饭店，还在地摊上强行买了一个花朵夹子送给我，虽然当时我难堪得要死，压根儿没打算弯下腰去拿起那个夹子。但小马蹲在地摊边上仰起头来冲着我傻笑的脸激发了我的母性关怀，我觉得他有点儿像我弟弟，于是我伸出手去领过了那个夹子。

没料到他进一步提出要求，要求亲手给我戴上，还说了句使我出离愤怒的话：“你平时打扮得太老气了，配上这个夹子就年轻多了。”

如果他是指我当时身上那件配肩章杰克逊潮爆款黑色小西装的话，我简直就要当场昏死过去。该小西装好歹也是我在淘宝最红小店秒杀来的——那也是我唯一秒杀成功的一次，之前我都只能在转衣服专区默默等待别人穿过不要的旧款转出来，一如我在书上读来的在寒窑苦等了丈夫十年的王宝什么什么。

但我不愿意使他难堪。

我不愿意使任何人难堪。我只好故作没事般笑笑，但是暗自在心中把小马咒骂了一百遍。

尤溪曾说“不愿意使人难堪”就是阻碍我人生前进最大的缺点，正是从小就有了一心想当好人的心态，才使得我如同人渣吸铁石一般，放任一个又一个的极品男人糟蹋了我的大好年华。

嗯。我今年二十四岁，已经是跨过两个本命年的女人了。尤溪比我大一年零三个月，她每次都请我把那三个月四舍五入掉，但是我都巴不得精确到分秒。

要知道，岁月匆匆催人老，尤其是对于女人来说。我眼睁睁地看着法令纹在我的脸上一天天滋长，敷再多的精华也毫无办法。有一天尤溪气冲冲地向我走来说：“你知道吗？我的实习生都是90后了！”

某天，尤溪所在公关部的90后实习生大言不惭地对她说：“老师你知道吗？我那天去酒吧，泡了一个比你还老的女人。一开始挺顺利的，后来她问我的年纪，我就照实说了。结果你猜她说什么？她用眼睛斜瞟着我，连连甩手说：‘死小孩，滚滚滚，老娘都比你大一轮了，没空和你玩！’”

听完这个故事，尤溪勃然大怒，当然，她勃然大怒的点是：“我哪里比90后大一轮了！哪里？！哪里？！他哪只眼睛看出来的？”

我想说，这是重点么？

那重点到底是什么？

我不清楚。曾经有段时光，我清清楚楚、明明白白知道自己要什么。如果当时上天给我任何一个各方面都还凑合的男人，我也能过上岁月静好的日子。就好比打麻将一样，只要有叫下，哪怕是农民叫垃圾和，我也会尽量和牌。但是搓着搓着，我就把这一副牌搞大了，眼见时日一长，我不和个清一色大对子就对不起自己似的。但究竟清一色大对子哪个先来，我却无法预料，唯一改变的，只有时间而已。我在麻将桌前从少女坐成了怪阿姨。

我曾经在十六岁时写日记希望自己三十岁死掉就好，如同玛丽莲·梦露，只要那三十年我能过得苗条、美丽、男朋友应有尽有就可以了。但是转眼间我就二十四岁了，手上戴着红色线圈以求各路神灵保佑。三十岁就在眼前，看起来我还完全不想死掉——因为就在这过去的二十四年里，我并没有实现苗条和美丽这两个梦想，男朋友也一路告急！

小马一开始掩饰得很好。因为我们都是和另外一对介绍我们认识的朋友——沈妈妈沈爸爸一起去吃饭的。他们是一对年轻而热情的夫妇，喜欢吃港式火锅。每次聚会，总是沈爸爸率先买单，这使我放松了警惕。

更使我放松警惕的是小马的职业。小马是一名妇科医生，按理说很富有。我曾经去那种地方探望过尤溪一次，在她二十一岁，也许是二十二岁的时候吧，我不大记得清楚了。只记得那里的长条板凳很冰冷，但是却挤得满满的，都是女生，年轻的女生、年老的女生，应有尽有。一米八的尤溪在人群中格外显眼，还挥舞着验尿瓶冲我大喊大叫："罗秋楠，罗秋楠，我在这里，快过来！"引起周围病友纷纷抱头逃窜。所以我想妇科医生多半是个富有的行业，并且应该富于恋爱经验。

所以，刚认识小马的时候我的朋友们几乎全部拍马赶到我家。尤溪甚至踩在我深爱的宜家蓝色布沙发上，一边拍着我高贵的橡木桌说："就是他了！罗秋楠！我预感到他就是你的真命天子！你和他好多好啊……那个啥，以后我要是再得了妇科病也可以找他治疗了……"

"你真实的目的就是给自己治病吧。"美环迫不及待地揭穿她，但是转头又问我："妇科和产科是朋友吧？要是我以后生小孩也可以找你们家小马吧。"

有这些朋友我感到很羞愧。她们总是强迫我和律师、医生、警察谈恋爱，无一不是出于一己私利。但我和美环初中就认识了，和尤溪也认识了五年多。每次听到物以类聚人以群分的话我都感到胆寒，要回家反思个几天才罢休：难道，我也和她们是一类人？

答案无疑是肯定的。

就在我和小马开始单独约会之后，我感觉到了一丝不妥。他总是一见面就送我礼物，第一次是精美的剪刀六件套。虽然我不知道我要那么多把剪刀干什么，怪吓人的，但一看到是"双立人"出品，还是很开心地接受了。在沙市待久了，难免会对名牌有所向往。哪怕只是酱油我都用"五月天"牌的，因为它的广告词是："酱油中的劳斯莱斯。"所以我家布满了拖把中的劳斯莱斯、马桶中的劳斯莱斯、洗发水中的劳斯莱斯，就是没有一辆真正的劳斯莱斯。

或者一个开着劳斯莱斯的男人。

我知道我迟早会被我的物欲吞没，被它吃得一点儿不剩，或者是只剩下一堆脂肪……

收下了小马礼物之后，豪放的我总是一不小心就开口要请他吃饭。他推脱两声之后就不推脱了，远远没有推脱到我的心理底线……我心想，妈妈的，不是一般要推三次嘛，要是他推三次，我就立马说："好！"结果小马就像是洞察了我的心理一样，他总是在我开口要说好之前闭上嘴巴，使我讪讪地买了单。

后面几次见面我就学乖了，只收下礼物，礼貌地表示感谢，不再扬言要请他吃饭。因为我们学校的年级主任花花说过，像我这样见不得买单冷场的女人要不得的。女人不肯让男人买单，就表示自己连这顿饭都不值。

我心想也是，靠，我堂堂沙市高级中学的语文老师，好歹也值一顿日本料理吧。于是在我收下了小马送我的那把伞后，我毅然勇敢地说："要不你请我吃日本料理吧，我想吃生鱼片了。"

其实这一步里我还暗藏杀机。我想日本料理店气氛暧昧，又提供足量的清酒，也许我和小马的事情可以在此迅速搞定。我也好向沈家夫妇交代。

小马略一沉吟，答应了。

我欢欣雀跃。跟着他前进。我们碰头的地点是著名的花市街，日本料理店遍布，我想这回总算能吃个痛快了。

没料到走进第一家料理店，小马并不直接坐下，而是问服务生："你们这里有自助吗？"那家店纱幔重重，气氛很好。我不知道小马为什么要问这个。

服务员摇摇头。

小马立刻掉转头离去。我在后面尴尬地跟着，出了店也不便问他，但已隐约觉得不对。日本料理店自助自然是要比单点便宜，但这可是我们的头几次约会。

一连三家店，他都如法炮制，可惜得到的答案都是否定的。到了第三家，我已经决意就在店外站着，决不至于进去丢脸再出来。但是小马的脸比我还要黑。出了第三家他说道：“日本料理可以请你吃，但是我觉得还是不吃为妙。”

“啊？为什么呢？”我故作可爱地瞪大了眼睛，其实心中已经颇为不快，但性格使然，我又把不快伪装起来了。

“因为吃鱼生不健康，走走走，我带你去吃个健康的。”他二话不说就拖起了我的手。只有这个时刻他显得像黑社会老大，有种强势的味道，还挺迷人的。

事后我开始不确定妇科医生是不是可以和医生画上等号。对于小马关于鱼生不健康的说法，似乎并没有什么确凿的根据。我从理论上认为妇科医生对饮食提不出什么好建议。当我们步行了半小时到达了小马所说的那家健康小店之后，我的双脚如生根般站在门口。我说得没错。

因为那招牌上写着：沙县小吃。

门口是沙沙的落叶，但明明还是初春的开始。沙市里遍地都有的梧桐树高大舒展，我的心却显得空荡荡的。

小马转过头来浅笑轻吟，“来，快进来，这里的燕皮馄饨不知道多好吃，我每个星期都固定来这里吃。”我看他说话的样子不像半点儿开玩笑，顿时觉得头晕目眩。

沙县小吃的福建老板娘对着门口热气腾腾的大锅拨弄着箩筐里的馄饨，小马好不容易找到了一个两人座位。服务生小伙子把拇指伸进汤里把馄饨端上桌，我觉得“健康”二字如芒刺在背。如果这就是我和小马的人生，那人生是多么富有戏剧性。

还好我是个随遇而安的人。坐下之后，只暗暗发誓要好好考虑我和小马接下去的交往，我想我还是少说话为妙。

“怎么样，这家的燕皮馄饨可好吃？”

“嗯，在大学时代，我也经常吃沙县小吃。”

话题似乎到此为止就僵住了。小马问了我些当教师的工资如何、家里有没有买房等的现实琐事，使我对他的评分越发低下。我只管尽量往低里说，低到后来，大概小马也对我兴趣索然了，两人默默不语。我在馄饨中抬起头来望了望他那略显清秀的面容和金丝边眼镜，在心里对他说了声“再见”。

那时候我想起了钟勇，想起他要是知道我落到今日这般田地，不知道又要说出多少刻薄话来了：“罗秋楠，早知今日何必当初。”

饭后小马提出要到周围夜市随便逛逛，我也欣然应许。我心想这大概是我们最后一次见面，这点儿要求我还是可以满足。

这一逛，我就拥有了小马亲手别上的塑料花朵夹子。

别着难看的花朵夹子，小马提出送我回家，“你家好像是住在南市区的吧，从这里坐一辆 19 路再转一个 36 路就可以到了，我知道的。”我连忙摆手，忙不迭地说：“我打车回家就好，我们学校定期有交通补贴的。”

听见“交通补贴”四个字，小马眼睛放光，说了声“真好”。

幸亏那时有辆出租车刚好停在面前，不然我怀疑他肯定要问出些住房补贴之类的问题了。我坐在出租车上勉强回头，只见小马拼命对我挥手告别。

永别了小马。就在我在心头如此默念时，手机响起，我一看，又是小马发来的："都忘记我们两家住一个方向了，早知道让你搭我一程到火车站附近，我再自己乘车，还可以与你多聊一会儿。"

他的短信满满地打足了七十个字，不给中国移动一点儿机会。

这短信我没有回。

到了小区门口，我先松一口气。迎来极品男容易，摆脱极品男很难，幸好这点我很有经验。

春天的夜晚，车外下起了毛毛细雨，我看着手上那把小马送的长柄雨伞，心想着大概是他唯一大方的时刻了。

下了车，把伞撑开，一路想着如何去臭骂、勒索沈家夫妇，我一面抬头看雨。一看吓了一跳，只见一个若隐若现的"癌"字正在我头顶上方，吓得我差点儿没把雨伞丢掉。

这是怎么回事？！

回到家，仔细观摩小马送我的雨伞，我才发现了其中的端倪。其他字已经被小马细细磨去，当真只有一个"癌"字被磨得浅浅的，但没完全消失。伞骨里倒有一行嵌进去的小字解决了我的疑惑。

也是小马粗心，那几个钢字完全不显眼："××牌药液，您治疗乳腺癌的标兵。"

我顿时像吃了自河里打捞上来的泥巴一样堵心。大约这是不知道哪个药厂送给小马的礼物。靠，乳腺癌可是女性的大忌，我可是要凭借着平凡身材中唯一的一点儿不平凡去打下自己的江山。

我决心把小马一脚踢开，永不见面，但夜里翻来覆去睡不着。

第二天因为心中堵得慌，我把这事如苦水般倒给了尤溪。她撇撇嘴巴说："这有什么。小胖和我出门的时候，总是只带几十元现金，啥也吃不了。他还总是说，刷卡就行了。结果呢，尽带我去那些不能刷卡的小店。有回我和他去吃拉面，因为要三十五元一碗他嫌贵，死都不吃。我们就硬是只点了一碗，他看着我吃。不过他看着我那眼神还真叫销魂。”

我听完之后更加想吐了。

后来尤溪特意把自己的病情复查转到了小马工作的那家医院，借此一番打探，我们才知道，小马一直都是他们医院的王牌杀手“小抠抠”。“我的主治医生、也就是小马的同事李阿姨告诉我，小马每天去医院吃中饭都自带盒饭，但是里面只有榨菜和白饭，然后他就跟着同事到食堂，坐在大家中间，把筷子伸向其他人食盆里的菜，美其名曰大家换菜吃更亲热，就用榨菜去换别人的牛柳。李阿姨看他可怜，有天给了他一包麻辣笋干下饭，转眼他竟然就拿笋干去换别人碗里的红烧肉了！”

我想起我们班学生历史课上的内容，要是生活在石器时代，小马一定是交换市场上的好手，足以把人类的价格规律都打乱。

除此之外，据说有一年小马去广州代表科室参加医学大会，同事们千叮咛万嘱咐请他要带礼物回来给大家，也算是特意为难他。“结果你猜他带了什么回来？三个青芒果！又大又青！是他亲手去广州大学的校园里偷摘的，不要钱！那三个青芒果，放到流水儿了都没有熟，完全不能吃！”

“这样看来他送我的礼物还算体面的了。”我自我安慰。

“他还带自己的相亲对象去参加科室聚餐，蹭公款，他带的不是你吧？”

“好像还没有这个荣幸。”

“这种人，你以后理都别理他！就算是那里病了他免费给你看，你都不要让他看！”尤溪愤愤不平地说。

我觉得这话太难接了。

“对了，据说那个人满嘴都是谎言，他说的你一点儿也不要信。他经常说自己身世可怜，骗别人同情，没用这个来骗过你吧。”

我愣住了。不过我说：“没有，我们还没到那个阶段。”此时外面又下起雨来了。

沙市这时阴时晴的天气还真是糟糕。

其实尤溪不知道，在那次约会之后在她的调查之前我还是单独见了小马一次。虽然我已经辗转让沈爸爸转达了我不能继续约会的愿望，推说我妈已经给我找了对象。但是小马还不离不弃地要求再见一次。我心想可能他要向我索要送我的礼物，于是就怀揣着六把剪刀，打着乳腺癌雨伞前往他说定下的免费公园：街心公园。

喜欢凡事画上一个句号，大概也是阻碍我人生前进的毛病之一。

下着雨的傍晚，小马打着和我差不多的雨伞显得有些凄楚，“听说你妈妈给你介绍了必须结婚的对象，我觉得可惜了。”

“嗯？”

“虽然你打扮有些老气，但人还是不错的。”

“哦。”

“不过既然是家长的话，那我也不好说什么了。我这个人，就是没有家长。”他低下了头。又拿出不知道哪个年间的手绢给我擦了下板凳上的水，让我坐下。我望着不远处温暖的咖啡馆，咽了下口水，希望尽快结束这次会晤。

因此我默然不语，没想到小马却把它错会成我对他的依依不舍，对我打开了心扉。“你知道吗？我从小就是和姐姐一起长大的。我对爸爸和妈妈一点儿印象都没有，问姐姐，她说也没印象。反正就是和姐姐一起长大。靠着这家亲戚、那家亲戚一点点的施舍长大，受尽了别人的白眼。所以我就想，我一定要快点儿拥有一个自己的家。刚工作才一年，我就托人给我相亲了无数次。我那天翻本子查了一下，你是第五十九个，也是我最满意的一个。”

“五十九个？你每周都要相亲一次啊！那我岂不是占用了你好几周？”我大惊失色。

“是啊，所以说最满意啊。”

“呃……哪里满意呢？你不是说我很老气吗？”但我还是沾沾自喜。

“因为你们学校有交通补贴！还有寒暑假可以放！以后我们的孩子也可以由你来教，连请家教的费用都省下了。”

我面色难看，打算转头走掉。

小马一笑，“骗你的。我是觉得你人很好，和我姐姐很像。你喜欢吃馄饨，我姐姐也喜欢。馄饨就是我小时候觉得最好吃的东西了，因为里面有肉。那时候我和姐姐相依为命，虽然没有钱，但是也过得很快乐。到处都是我们的游乐场，到处都有我们的食物，比如春天的街道上哪棵树的果子可以吃啊，郊外哪块田里可以抓到青蛙啊，我都一目了然。”

“那你姐姐呢？”我心想，我哪里喜欢吃馄饨啊……

“得乳腺癌死了。”

“……好可怜。”我说不出别的话。但是我心想，我哪里像他姐姐啊！

“所以我学了医。我想找个姑娘和我一起赚钱、存钱，一起组成一个家。我们的孩子一直都有爸爸和妈妈，我们坟墓也要连在一起。我姐姐的则在旁边。死了之后，我们的孩子会拿着花来看我们。当然也是路边采的，我会教给他们的。”他的牙齿闪闪发光。

听了小马的话，一时间我有些感慨，心里动了动。但是我还是不能因此和他在一起。我很清醒我不能一辈子吃沙县小吃，也不能回答小马关于我的住房补贴、交通补贴等种种问题，我的人生还不想和柴米油盐挂钩，我这辈子（到目前为止）最痛恨的事情依然是修家里的水管、电器等生活琐事。我依然在期盼着浪漫但是不切实际的人生，而不是教育孩子如何去路边采集不要钱的花。

所以我摇摇头。

“罗秋楠，我们认识也算是缘分。所以有句话我一定要提醒你。”

在告别之前，小马很严肃地转过头来，吓了我一跳，也使我从思想的神游中清醒了过来。

“什么？”

“所有不以结婚为前提的恋爱都是要流氓。”小马掷地有声。

“什么？”我愣住。

“所有不以结婚为前提的恋爱都是要流氓。这是毛主席说的。”他重复，“我看你就像会遇见这些人的样子，我可是你唯一的机会，你真不把握？”

“哈哈，无福消受。说真的，你会找到更实在、更适合你的姑娘。”我笑。

小马也笑了，“哎，怎么现在女流氓这么多啊！”

我们一笑泯恩仇。

小马那短刺刺的头发就是我印象里的最后一幕了。尽管尤溪提醒我小心，但是我还是愿意相信他和我说的话都是真的。管他的，也许前面五十八个姑娘他都是这么说的。但是他最终会找到那个和他葬在一起的姑娘的。

他们的孩子会拿着鲜花去看他们。

说不定那时候我孤独终老，连个像样的坟墓都没有。

在小马之后，尤溪总结了想要得到我的心的捷径，“总而言之就是两个字，大气！”她如此告诉她的表弟，他的表弟才十七岁。“如果你到了三十五岁还没人要，我可以强迫他娶你。”

表弟照例头上一排乌鸦飞过，然后打篮球去了，走之前给我们留下十元钱说：“姐，那就买个冰激凌给我的童养媳吃吧。”但实际上我并不想和尤溪成为亲戚，因为她连表弟发给我的十元都不放过，给自己买一个可爱多，只给我买个白熊冰砖，还要把剩下五元钱放进自己的包里，美其名曰：“这是我给弟弟存的老婆本。”

“你这抠门的女人。”

“抠门的男人才可怕呢，尤其是还仪表堂堂的抠门男人。”她回敬我。

“心情这么糟糕，要不我们去唱歌吧。”

几个女人的唱歌大会总是很愉快。尤溪总是唱那些老男人的歌曲，比如“纵贯线”。“你这样会暴露年龄的，你会影响我们被别人看做90后的。”美环提醒她，“我们要唱飞轮海好吗？飞轮海！我只对你有感觉……”

其实就是美环她自己穿得最为老气横秋，一点儿都不像才刚刚二十四岁的人。不是长裙垂地，就是妈妈级开衫。只有我和尤溪是超短裙爱好者。

所以有时候我觉得美环和尤溪就像是阴阳两面，月亮和太阳。而我正介于两者之间。

所以更加不伦不类。

钟勇是唯一被邀请参加我们这个纯女性聚会的男人，很奇怪，他并不是gay，但是他喜欢与我们为伍。他和尤溪在一个乱七八糟的聚会上认识。尤溪后来坦白承认说：“原本是想睡他的，没想到成为了谈心的朋友。”

钟勇总说自己是大龄女青年吸铁石，随着年岁的增加，定语也不断增加，演变到今日，我们已经堕落为“肥胖、好高骛远、没钱买单大龄女青年”，他则成为了“肥胖、好高骛远、没钱买单大龄女青年吸铁石”，他不禁感叹道：“吸铁石还是那块吸铁石，但女青年已经不是当年的女青年了。”

他说这些话的时候，眼睛里总闪着光，望向我，一瞬间我会不知道说什么好，仿佛我们就这样互相凝望着，过了很多年。

而一想起我和钟勇这两年的点点滴滴，我就会不知所措。他女朋友从来不缺，我虽然没有出众的外貌，但凭借着坚忍的意志，也不断尝试着爱情的可能。但是夜深人静时，我常忍不住自问：“会不会有一天，轮到我和他呢？”

只是这个可能迟迟没有出现。

CHAPTER 02
离不开家长的男人

李世涛不具备我前任男友们的任何优点，他是美环给我介绍的、常去他们家楼上的男子。“若不是我已经有个杀千刀的陈启发，我早就把他扑倒了。”我怀疑她是否有这个能力，因为李世涛生得黑口黑面。

美环推荐他是因为“在经历文艺男的滋润之后，你就再也不想要文艺男了”。仿佛她真的经历过什么文艺男一样，比如钟勇——提起他我就心尖尖痒，难以抑制。听说最近他又交了新女朋友，但是并不打算带过来给我们鉴定。“过眼云烟，过眼云烟。”他每次都这么镇定地回答，然后照例望着我。

那时候，我就说不出任何话来。

但是美环关于文不文艺男的话并不假。李世涛没有看过我书架上的任何一本书，任何。但他绝对是一方良药。

“你能不能不要切菜，你一动刀我就心紧。”每回在家做饭时，他就会多少说出这样朴实的话来，完全没有看出我实际上并不是要切菜，只是想拿刀递给他。

喝醉了他也会说情话：“我老婆是仙女。”然后一把把我揽过去。

他会在交往之初就在学校门口苦等我。惹得我们班里的学生给他起了个外号叫“保镖”。然后到我的办公室大声报告：“罗老师，你保镖又来啦。”

唯一有点儿美中不足的是李世涛不认识张爱玲。这件事倒是狠狠地打击到了我。

那天我和尤溪临时搞到票子，相约去看香港剧团到沙市来演出的《金锁记》，没法和李世涛一块儿玩做饭约会，于是我扑入他等待在校门外的怀抱里，说：“今天我要去看《金锁记》，不能陪你了。”

“什么《金锁记》？”李世涛一脸茫然。

“呃……虽然高中课本里没有，但是张爱玲的作品你没听说过？”我诧异。

“张爱玲是谁？”

我几欲昏倒，昏倒前不忘给他最后的机会，“张爱玲你都不知道。电影《色·戒》，里面有回形针那个，你总看过吧。请问《色·戒》是谁写的？”

都提示到这个地步了，李世涛还是惊天地泣鬼神地回答：“难道不是汤唯？”

那晚看《金锁记》时我伤心欲绝、柔肠百结，心想这下可好，李世涛连张爱玲都不认识，更别提什么胡适、村上春树、保罗·奥斯特了。难道我挥一挥衣袖就要和我的精神世界告别了么？连我们班最不爱学习的小虎都好歹认识张爱玲、大江健三郎。要是被学生们知道了保镖不学无术，我岂不是要被笑掉大牙？

那以后肯定再也没有人上我的语文兴趣阅读小组了。呜呼哀哉。

事后尤溪也问过小胖这个同样的问题：“你知道张爱玲是谁么？”

小胖答：“知道。”尤溪的心还没来得及放下，他又追问，“她是干什么的？”

我的心情稍微舒缓了一点儿。

精神世界按下不表，李世涛和我的恋爱生活还是四平八稳的。

我甚至还以为我就会这样过起了岁月静好的人生。我接下去的岁月和如今并无分别。说实话，除了灵魂简单之外，李世涛长得还是挺好看的，侧面有点儿像方中信，就是黑了一点儿。我尤其中意的是他可以把我一把抡起。这太难能可贵了。我爸爸从小就担心我们家着火，因为我太重了消防员会放弃救我。

但是没想到，李世涛的父亲不同意我们往来，只见过我一面他就告诉李世涛：“这个女的以后不要联系了。”他一眼就看穿了我的过去，并且不信任我的未来。虽然经历过无数的男人，但是对这样年纪的中年老男人我还不是很擅长，我向姐妹们哭诉：“怎么办，爱情要死在封建家长制上了。”

“都21世纪了，你还怕他爸爸。”尤溪嘲笑我，搬出了她著名的“火烧前男友”的桥段。

当时她用一米八的身高疯狂地踹着对方的家门，她未来的公公和婆婆像受惊的兔子一样在屋子里瑟瑟发抖，我觉得她一定很像小时候动画片《怪鸭历险记》里的女仆南妮，开门从来就是用撞的。自从那个男友打定主意和她悔婚之后，她就冲到别人家里，要求对方把她赠送的礼物，比如送婆婆的不合脚的高跟鞋啊、一整盒毛巾香皂用具礼盒啊、一个足浴机啊等等全数归还。对方哆哆嗦嗦地开了一半铁门送出了礼物，她就在走廊里点了一把火全数烧掉，给对方好看。警察来了也并不管她，只说了声：“家务事，你们快点儿解决。”

“请问那个足浴机你怎么烧掉的？用强酸？”我问。

“那个……我带回家了。”尤溪小声回答道。

我们都很想打她。

美环接话说：“李世涛爸爸再凶恶也比不上我爸爸。小时候有男同学打电话找我，我爸爸接起来就说，你等一下。然后他就把电话放到一边，然后过五分钟拿起来说，她不在。就把电话挂断了。后来我的男同学纷纷问我：‘美环，你们家是不是很大很有钱啊？你爸爸找你要找五分钟！’”

只有在说起这个话题来的时候，我才有机会听到钟勇的信息。“我爸爸对我带回家的每个女孩都很感兴趣。有一年过年说：‘儿子啊！告诉那些女孩儿，我很想念她们！虽然你再也没有带她们回来过！’”他大笑，笑起来的样子比李世涛好看。

但是他们的爸爸其实都比不过我爸爸。

我在这个城市独自混了几年之后，他终于醒悟，提出来要看看我的工作环境。

“爸，你不是每年都来吗？”我忍不住提醒他。

其实我爸爸从小就怕男生勾搭我。他给我的每个男同学起可怕的名字。中学时我借住在沙市的姑妈家，他天天电话遥控我，不惜给我买了最新款的诺基亚手机。

上高中时好不容易有个男孩子蛮喜欢我，人家叫李斌，有时候约我去外面一起自习。

每次我刚和李斌踏出家门五分钟，就收到我爸爸的电话：“快点儿回家。”只有这永恒的五个字。但他会假装是我妈妈的圣旨，不忘记加上一句，“你妈妈说的。”但总是被我一眼识破。在我和李斌刚刚在快餐店渐入佳境，你侬我侬地互相帮助写作业的一个小时内，他保准发来短信：“让那个李殡快点儿把我女儿还给我。你姑妈晚上做了好吃的给你，你快回去吃。”

我都必须提醒他，“爸爸，人家不是殡仪馆的殡！”

就是这样的爸爸，都比李世涛的爸爸好对付。

我和李世涛曾经为了他爸爸吵过架。从那之后，我就知道，不要让他在我和他爸爸之间做选择。原因是他答应好要陪我三天假期，结果他爸爸一个电话过来，要他三天都留在家里接待亲戚，他就理直气壮地和我说：“我家有事，旅行的事下次再说好么？”

我气炸了，冲着他高叫：“这个恋爱我不谈了。”

“我爸爸说得对，外婆也这样说，他们说你不是真心想嫁我。”

“是啊！你外婆刚见我时，还打听我户口在不在沙市呢！好像我图你们家户口似的！”他外婆就住在美环家楼上，对我挑三拣四，只去她家吃过一次饭就暗示我说：“沙市的规矩都是结婚女孩子也要出钱的，你看你的朋友李美环好像都准备了二十万元呢。”我当时没有发作，但一直牢记在心。二十万元！我家哪里会有二十万元用来给我结婚呢。果然是条件好的家庭更挑剔。富人比穷人更在意钱。

“罗秋楠！”李世涛面有愠色，“你认真想想好不好。你说，我和你在一起图什么呢！你长得也不好看，身高也不行，又是外地人，家里还没有钱，我还愿意和你在一起。这就说明我是真爱的，真的爱你这个人！”

李世涛不是一个幽默的人，如果他是，我还可以一笑而过。但他如此正经地说出了这样一段话，几乎要把我气出病了。罢了罢了，当初选择他就是因为他老实，现在也叫做因果报应。

就在我和李世涛认识的这个四月，我爸爸从故里燕港打电话频繁向我暗示，“我明天要去杭州出差了，咳咳，其实杭州离你们沙市很近的。”见我不搭话，他只好亮出底牌，“老子给你买的房子老子还没住过呢！”

我只好让他来。

其实不敢让我爸来是不知道如何面对他和李世涛的碰头。

因为李世涛压根儿不敢让他爸爸知道我们在继续交往，他和他的外婆一起欺瞒着他的爸爸。从这点上来看，他外婆比他爸爸有眼光一些，至少只提出了二十万元的要求就肯让我进门。不像他爸爸，一点儿机会都不给。每次我们在家你侬我侬时，只要是他爸爸打来电话，他就会像兔子一样跳起来，打开铁门冲到我家门外，再接起电话。伪装自己正一个人走在大路上。

他爸爸总是说：“我们要找沙市的姑娘，外地的姑娘人都不好。到时候生下孩子跑了，你找都找不到。”

我觉得他爸爸仍旧活在旧社会。不过这也怪李世涛，他的前几任女友带回家之后，没过多久都跟别人跑了。恰好那几任女友都不是沙市的。就在我之前那一个，他还拍着胸脯向他爸爸保证，他们感情稳定。谁知道，就在他爸爸买的婚房都写上了他们俩的名字之后，那女孩愣是爱上了一个倒卖话剧票的黄牛——可能连黄牛身上的文艺气息都比李世涛要重吧。

况且李世涛的房子、车子、工作无一不是他爸爸帮他买的、找的，所以要帮他选定女友，也是自自然然的事。

就在我爸爸要到沙市之前的一晚，我只好向李世涛摊牌，“我爸爸明天要来了，他得见你。”

“啊！那怎么行？万一他要是问起我家的事，我怎么答？”

“你就说，一切都听罗秋楠的呗。然后我再和我爸爸说，我现在没结婚的打算，他们家的事以后再说，先糊弄过去。”

“好吧。”李世涛勉勉强强地答应了。那一刻我还挺惊喜，想着他当了襁褓中的婴儿那么多年，总算硬起来了一次，夜里也对他特别的好。结果第二天我爸爸的火车到站后，我就打死也联系不上他了。他给我玩消失。

没想到，他还是不敢面对。

我又惊又气，在火车站打了八个电话都是关机之后，决定放弃。爸爸不断在我身边打量，估摸着是出了事，又不方便问我。

我看见他满头的黑发，知道都是染的，忍不住想掉下眼泪来。

我陪爸爸凄惨地在家附近吃了顿湘菜，点了干锅香干、剁椒鱼头，看得出来我爸爸一直想问李世涛的事，最终还是忍着没开口，只说：“我这次是来杭州出差顺便过来的，明天一早就走。”

翌日早上，爸爸早早就醒了。一个人孤身上路，只给我留了个字条，写着：“我火车很早，你就不要送了，我找得到。那小孩可能是家里有事，你别和人家吵架。爸爸没事。”

本来一大早我还不想哭的，看见“爸爸没事”这几个字，就忍不住潸然泪下。这些年来，我辜负了他多少希望啊，可是他从来都没有在意过。只强调，“过得不好就回燕港来，爸爸巴不得养你。”

爸爸回杭州的晚上，我没有再找过李世涛。半夜醒来听见门外有动静，吓了一大跳，以为是小偷。从猫眼里也看不到人。结果打开门缝往外一看，是李世涛蜷缩在门口，他用小鹿般的眼睛望着我说：“楠楠，对不起。我可以解释……”

“好，你解释。”

李世涛愣住了。

“是不是你以前的女友通常都是回答，我才不要听你的解释。”

“是。”

“所以你其实根本就解释不出来？”

他低下头。

“罢了罢了，这种事没有什么对错，你回去吧。你在我家的东西，我会快递给你。”我不无凄然地关了门。

李世涛在他爸爸的安排下相亲结婚，遇见他是半年以后，在超市——我总是在超市里遇见结婚的前男友，大概已婚男人真的把那里当做了结婚后的阵地。他胖得不成样子，仅仅半年就胖得看不见眼睛，犹如小铁塔，而他的妻子已然大腹便便，却有张年轻的脸。

而我，为了逛超市能够一次拿尽量多的东西回家，背着双肩包，穿着短裤和人字拖！

看见我他一点儿也不尴尬，仿佛刻意要向我秀他的幸福。

晚上电话里，我听到妈妈说，我爸爸已经拒绝参加任何的同学聚会，“因为他所有同学的小孩都已经结婚了。而你已经老大不小了……妈妈好想帮你带小孩啊。”

我受不了我妈的跳跃思维，凶狠地纠正她，“孩子他爹还不知道在哪里呢。还有，我才二十四岁，别跟着沙市人算什么虚岁。”

“你自己就是在沙市出生的，只不过跟着我们在燕港长大，你初中高中都是在沙市读的，而且是沙市最好的市北一中，别人凭什么说你不是沙市人？我们就是没本事回来，但是你已经回去了呀……”我一发觉妈妈有话当年的趋势，赶紧在电话里和她再见。

其实我妈这个人挺通透的，除了我爸和我以及我们家那点儿微薄的家产之外，什么都不在意。只有在沙市的身份认同点上，她绕不过弯去。打从我们住在燕港的时候，她就不惜路上一个多小时的车程把我们微薄的家产都存在沙市的银行里。

“要是沙市的银行突然倒闭了，那你不是只能在门口打滚？”

“我不怕，到时候肯定有几百万人和我一起打滚。”

可我真的是一点儿也不喜欢沙市。

但是我偏偏又离不开这里。

后来我和钟勇好上的时候，我曾经把我终于可能嫁出去了这个喜讯向我爸爸妈妈分享过。在一次提到我和钟勇去杭州过了个周末的电话里，我爸爸嘟囔了一大堆，但是我一个字都没有听明白。半个小时后，我妈妈抢过话筒问：“你爸爸刚才说那些你明白了么？”

“不明白！”我大声回答。

“我就知道，他就是想问……你和钟勇去杭州怎么住的？”

“住一起呗。”

“哎呀！哎呀！”我妈妈也不知道接什么好，电话那头传来我爸爸断断续续的哭声，“我女儿吃了大亏。爸爸好伤心啊。”我爸爸说到自己时，总是自称爸爸，他不喜欢在我面前说“我”。

这一点上，我就没有尤溪洒脱。我只好胡乱地挂掉电话。

尤溪比较强大，她在家里学英文时，她妈妈小心翼翼地问她：“你学英文干什么啊？”

“我都这么大年纪了，学英文难道是为了好好学习么？”

“那是为了什么啊？”

“废话，当然是为了泡外国的男人。你女儿我这么高，在中国可能找不到男人了！”

当然，迄今为止，尤溪的英文水平还停留在小学水平，基本上在酒吧里把外国友人吸引过来之后，只能执手相看对眼。我这才想起，我还有本《别笑！我是英文单词书》被尤溪借走了起码大半年了，她还没有还我，多半是想贪污掉。

这样比起来，李世涛的爸爸真幸福，从来都没有被他儿子顶撞过。

他辛苦了一辈子，给了他儿子一套在沙市还算不错的房子，给了他一辆新车（我还压根儿没坐过），甚至给了他一个妻子。他给了李世涛生命，也包办了他的一生。他的一生等于要替两个人的一生卖命，不，甚至三个。我想，李世涛那新过门的妻子和未出世的儿子的生活负担也多半要压在他父亲身上了吧。听说在沙市要养活一个小孩到二十岁需要一百万人民币，靠李世涛自个儿的工作，他连只猫都养不活。

“那你恨他的爸爸吗？”斜倚在我家的榻榻米上研究杂志上的打折信息，并耐心将它们一一剪下的美环冷不丁问我。这个处女座的女人不知道何时也沾染上了我们摩羯座酷爱积分和打折以及整理商品信息的毛病，同时也带着点儿金牛座的思虑，把土相星座的特色都给包圆儿了。

“我当然不恨。李世涛自己不选择我，和他爸爸有什么关系？”

“但如果没有他爸爸的激烈反对，我想坐在那辆银白色福克斯上，挺着大肚子去超市抢购打折草纸的应该是你吧。不过我要说，他爸爸的品位真是不怎么样，银白色的福克斯完全不适合李世涛嘛。”美环一剪刀剪下湘菜馆的打折券，铺在她那条火鸡色的长裙上，显得果断干练。实际上，她最近因为买车问题正和她的未来婆婆在打拉锯战——所以人类就算是关心朋友的问题也多半是从自身出发。

“被你这么一说，我还真觉得没什么遗憾了。请记住，我的dream car是奥迪好么？奥迪！”

“你不是说，你坐桑塔纳以上级别的车子都会呕吐晕车么？”小时候，美环的大款爸爸有次好心开奔驰来接我们放学去她家吃饭，结果就在那短短十几分钟的路途中我把她爸爸的后座弄得一塌糊涂。她多半是还记得这件事情。

不过美环关于我这段无疾而终的恋情的总结还是句句在理。

固然她自己讲求实在，希望身为朋友的我也能过上实际点儿的人生，才把李世涛介绍给我试试看，而且在我们感情笃定那会儿每每叮嘱我“喝水不忘挖井人”，要求我和李世涛请她吃饭。但跟着李世涛这半年时间他也没有请她吃什么上档次的东西。她还忍耐了每次我受不了李世涛的空空大脑后，都哭着扑向她——“挖井人，你不能不管我啊”的那种无赖。

这无疑使美环荣升了我身边最睿智的姐妹这一头衔，尤溪在得知我把这头衔给了美环之后，还羡慕忌妒地对着她大喊：“希望你把这宝座坐得稳，坐得久。”

单就冲着美环稳健无比地对陈启发的劈腿视而不见且继续推进他们的婚事这种忍耐力，我就对她佩服得五体投地。

此刻，她放下手中的剪刀，字字珠玑地对我说：“你以为李世涛放弃了你，就是放弃了他这辈子唯一灵魂升级的机会了是吧？你以为你是语文老师，有文采，有学历，有思想，是文艺女青年，他除了外表OK，内心简单之外就别无所长了是吧？你觉得屈就了你自己去迎合着他，但他何尝不是屈就了他自己来迎合你呢？你给他推荐的那些感人肺腑的电影，他哪一部不是看到后半场就睡着，留你一个人在影院里哭泣？你推荐他看的那些书，哪一本不是让他烦恼得不行，觉得比上学还枯燥？你以为有了这些电影，这些书，他就能体会到更深的思想境界，但是他压根儿不要啊，他压根儿不觉得这是幸福。他所谓的幸福，其实就是坦然接受他爸爸给他安排的一切，然后过完自己这平静的一生。或许在你们的生活中，曾经有那么一丁点儿的爱存在过，他也试图追寻那爱情的美好。但是这太累了。他要的只是简单轻松的人生。比起那爱来说，还不如家庭和睦来得幸福。”

“你把珍珠给猪吃，得到的后果就是这样。他只当做普通食材吃下去，说不定吃完还肚子疼。在猪的心目中，珍珠还不如猪食。但是猪有错么？猪没有错。所以你应该感激李世涛，他肯陪你玩半年，违抗着父亲的命令，已经很对得起你了。”

美环不吸一口气地说完了大段大段的话。

我被美环的长篇大论给惊住了。半晌说不出话来。我依稀觉得李世涛欠我很多很多，但是被她这么一说，好像我确实没什么可抱怨的。当初也是我邀请李世涛来我家修电脑，并且特意洗完澡出来一边看他修电脑一边光着大腿使劲往腿上涂抹护肤霜的——要说，修电脑还真是一个非常好的借口。

我那大腿还远远不能跟街上的瘦腿精们相提并论，简直可以说是让李世涛受苦了。还好他没有看过电影《朗读者》，肥肥的凯特·温斯莱特对着小男孩脱丝袜的姿势也比我优美撩人。他可能完全是被杏仁味的护肤霜给迷惑住的。

“你……你……怎么不早说。”等我回过神来，劈头盖脸就质问美环，“你这该死的挖井人！”

她凄然地对我笑笑，“我早说过，要试穿之后才明白。如果没有那些过程，哪里能明白这许多。其实我是羡慕你，还可以回头。不像我和陈启发，在一起这么多年了，除了爱之外还有牵绊。比起爱这样简单的东西来说，那些牵绊更难以理清。就好像缠在一起的头发一样，缠是很烦，但是分开却很疼。唉。”

她一连叹气六七下。我知道，她一定很疼，比我疼。

CHAPTER 03
就在身边的男人

“我将来一定要带我的老婆去环游世界。”

钟勇说这句话的时候心无旁骛，丝毫不知道我正站在他身后。正是这种毫无设计感的对白，让我的心头忽然一动。

和李世涛分手已经有数月，师兄也已经远离我的生活。有时候我会凝神地看着街上那些来来往往的男人和女人，思考他们到底过着什么样的生活，为什么我的生活又是如此。我看见一同舔一个甜筒冰激凌的恩爱情侣，也看见那些神色漠然的一前一后走着的夫妻。那时候我会突然想安定下来。看着班级里那些熙熙攘攘貌似成熟实则不谙世事的学生，有时候我也会在心里想：等你们长大后的某一刻，你们不会记得今天这一刻。

我总是对尤溪说：“看来朋友我已经到了无欲则刚的时期……

我要停业整顿。”

尤溪对我的思考充耳不闻，她每次去酒吧泡男人缺伴时还是会忍不住问我：“你开业了没有啊？”

我都摇摇头，“我要在家批改作业。”

“骗人，你从来都不批改作业！”

“好吧，那我也要准备教案。最近我们食堂的饭菜太难吃了，我还得抽空研究下菜谱自己做点儿吃的。”

我承认，其实在那之后我一直在想着钟勇。我一边在厨房里切着肥美的白萝卜，一边思考着钟勇和我在一起的画面。也许我们没什么可能性，但心中的那点儿星星之火，倒是一直未曾熄灭过。

我承认，那之后开始对他有点儿刻意的勾引，我总在脑海里幻想着他就是我的灵魂伴侣。至于怎么把他搞定的说起来有点儿复杂，回想起来顺序总是颠三倒四。

我的脑海里总是漂浮着我们第一次好上的那个夜晚。每次我想起钟勇，这个夜晚就最先浮现。

那一天，在你来我往了两个星期之后，我突然烦死我们之间的暧昧，烦死了我们每晚在 MSN 上的欲盖弥彰。

“女人晚上不睡觉是会老的，尤其是老女人。”

“要你管。”

“没关系，老点儿说不定挺好玩的。”

“你是指女人还是指我？”

那头长久地不说话。

我也停住。

但过一会儿我就想不通了。我承认到了晚上我就变得很猛，“冲动是魔鬼”。那是9月4日的零点三十四分，在我和他沉默了半个多小时之后，我突然打出一行小字。

“现在想吻我么？”

“嗯。”

他回答。这就是他的回答。

快速并且干脆。

一时间，天地仿佛都静止了。但是我没有。

我一激动，接着打了句更加不可挽回的话。

“想和我那个么？”

我心想如果他敢问我“那个是哪个”，我就删除阻止，永远不再见他。

结果他说：“嗯。”

过了三秒，又打出两个字，“等我。”然后下线。

我一时间傻掉，不知道他的“等我”是什么意思，但是又不便于给他打电话。如果我没有记错的话，钟勇这天应该在苏州，参加建筑论坛。我望着窗外，天色已晚，似有小雨。作为一个还没有什么显著作品的建筑师，钟勇没钱买车。

但一个小时过后，我家的门铃响起，我打开门一看，钟勇双目炯炯地站在外面，看见我他似乎有一点儿不好意思，但还是很强势地推开门，一把把我抱住，“我来了。”

“来吻我？”

“嗯，还有要你。”

那一刻我突然知道阿一所说的幸福是什么了，一阵眩晕涌上我的头顶。我眼前一黑，就真的昏了过去。

一分钟过后，我就醒了过来，头枕在钟勇的怀里，他对我笑笑说：

“没想到你真的昏过去，都不敢碰你了。”

“不怕，我强壮得很。”然后我拉过钟勇，一跨就跨到了他的腿上坐着，那一刻意识到自己的姿势实在是有些过于主动了，

安全，安全第一。街道路口的指示灯像在嘲笑我的模样。

那次我们激情澎湃，而事后我马虎地忘记了服第二颗药——第二才是关键，尤溪就常常这么对她的情人说。

事后钟勇结算过我们那晚的费用。打车从苏州回来，三百六十元；药，二十五元。我大笑着对他说：“起码我还算是很贵的小姐。”钟勇对我翻一下白眼，“我可不许我女朋友去那种地方。”

“女朋友”三个字紧扣住了我的灵魂。

“要是我有了怎么办？我把他生下来送给你，放到你家门口？”我娇俏地质问他，实际心头在打鼓。

“好啊，生下来。然后请你顺便和我结个婚。”他轻轻拉一下我的长头发。有种酥麻麻的感觉从我脸前划过。

和钟勇在一起很开心，他总是能以最快速度明白我的话。不像李世涛每次给我讲起他们国企的内部斗争我都昏昏欲睡，强打精神配合。

我觉得心里终于尘埃落定，我找到了灵魂伴侣。可以上床，可以聊天。

而且我们之间的聊天总是那么简单有趣。钟勇几乎每天都要向我推荐他自己，不遗余力。

每天晚上，在床畔，他都会语重心长地对我说：“作为朋友，我不得不给你一个建议。”

“什么建议？”

“小钟是个好人，做人要学会把握！”

我每次都哈哈大笑，其实是不知道说什么才好。我在心里暗下决心，一定要好好爱他，才对得起他这般深情厚谊。那时候每当走在路上，我猛然间想起钟勇，都觉得自己是如此好彩头，在尤溪胡乱寻觅了这么多年，美环执著努力了这么多年后，居然只有我，遇到了那个可以称之为灵魂伴侣的男子。

“最好的另一半，就是要带得出去，带得回来。”杂志上如此教育女人们。

彼时我正在沙市东面的天使岛上参加一个无聊的联盟晚会，灰头土脸并且昏天黑地。

晚会的间隙我逃出来给他打电话，希望钟勇的声音能救我于水火之间。我担心这么多年来我一直存疑的事情终于要发生，也许天使岛就要脱离沙市的版图自由地漂走，也许我再也见不到钟勇了——恋爱中的女人就是喜欢胡思乱想。

那是春天刚刚过去的季节，夏天的气息还没有完全覆盖整个沙市。我在天使岛疯狂想念钟勇家旁边的那一条小路。我的鞋跟可以在地面摩擦出一种好听的声音。我想念他家看出去的一块快要坏掉的霓虹灯招牌，写着“四方旅馆”四个大字。那个“四”字微微有点儿脱落。天使岛上的一切都让我感到烦闷。

“我要漂走了，你还不来救我。”我撒娇。Oh，my God，我竟然会撒娇。

“你那么重，不会的。”钟勇很冷静。

我在电话这头瞪他一眼，“可是你也要一边看片子一边望着点儿天使岛才行啊，以免它发生什么变化。”

“可是我眼前只有四方旅馆。”

“那你心里要有天使岛。”

“行，那今天的夜宵你也在心里吃就行了。”

“什么，还有夜宵……你不嫌弃我胖啦。”

“嗯……买了你最爱的小龙虾。”

每次钟勇一发出那个轻声的、表示肯定的“嗯”字，我就春心荡漾。

说这话的他总是特别乖巧听话，和平时那不可一世的样子判若两人，也可以说是这铁汉的柔情时刻，只对我一人开放。

我想念他手臂环绕在我腰间并且不许我穿任何衣物睡觉的霸道。

和我在一起之后，钟勇只有一次对我露了怯，其他时候他都在保持他那无可救药的风度。我可以猜想，和那些“过眼云烟”在一起时，他都是如此镇定，如此幽默，如此霸道，却又如此难以捉摸。他抽烟的侧面总是深刻地印在我的脑海之中。每当那个时候，我都想敲开他的脑袋，去看看他在想什么。或者钻进他的心里，问他到底有过多少个女人。

有一次我俩睡过之后，钟勇突然若有所思地问我：“你到底有过多少个男人？”随即痛苦地抱住头说：“千万不要回答我，当我没问——我知道如果有一天连我都会问这样俗气的问题了，我就是真的栽在你手里了。”

我喜出望外，从床上起身，故意笑出月牙般的眼睛说：“我偏要回答。”

钟勇只好抬起头来，望着我。

“你紧张了？”

“死婆娘，我没有——快说！”

“好吧，十二星座总是齐全的。”

钟勇松了一口气，“还好你没说十二生肖。”

“那是有点儿难度的。”

钟勇属鸡，天蝎座。无论从生肖还是星座都和我无比纠结，但是我已经没办法。“酒窝给我戳一下。”在他怀里我总心驰神荡，不能自已。

我再次以为日子就会这么过下去了。我记起小马和我说的话：“我们可以葬在一起，我们的孩子会拿鲜花来看我们。”我想大概就是要活到八十岁吧，到时候我就可以和钟勇如此这般了。

所以可以想见，钟勇的提前死亡对我而言自然打击巨大。

当然，这是在很久很久之后的事情了。这使我每每想起他的名字来，就思维混乱。尤溪说：“钟勇确实带走了你身体的某个部分，这下我强烈感觉到了。早知道，当初我就不在聚会上勾搭他了，这样我至少还有完整的你。”

CHAPTER 04
不懂礼貌的男人

在和钟勇好上之前，阿一一直嘲笑我，“你压根儿不知道什么是真正的爱情！你从来没有拥有过真正的爱情！一次也没有！”

他觉得我那些乱七八糟的男人，没有一个能够算得上是标准的直男。说这话时他总是会拨弄一下他的格子围巾——天知道是哪一条。有一回我上他家一看，他起码有五十条格子围巾。他是一个购物狂，比我们任何一个都要疯狂。每次他给自己买东西时，都要念念有词地安慰自己说：“我以后和我爱的男人生活在一起，我们没有孩子，不需要钱。罗秋楠你少买一点儿，你还没嫁出去，以免以后孤独终老。”

我很想掐死他！折断他细长的胳膊！

说起我和阿一的相遇，那也是惊天地泣鬼神——我们是在一场相亲派对上遇见的。

不是那种灯红酒绿、觥筹交错，我穿着迷人晚礼服，他穿着笔挺小西装的高级相亲派对，而是一个令人万分惆怅甚至抓狂的老年团。

我本身并不排斥相亲派对，但也从未努力加入。直到有天学校的教导主任段老师也忍不住拉过我说："小罗啊！我看你到现在也没个定性啊。这样吧，学校里有个福利项目，我安排给你吧。"

"什么福利？"我一听到"福利"二字简直像打了鸡血一样。当这所不怎么样的高中的语文老师收入实在是不怎么样，更何况压根儿没有学生会花钱来补习语文。我每天总是讪笑地看着数学蒋老师背着个丑陋的LV老花皮，里面装满了她那期盼怀孕的中药；更加讪笑地望着在股市上无往不利的英文林老师把他的小破车停在学校操场后的显著位置。然后在邻近下班前和其他老师争抢着又若无其事地与林老师搭讪，祈望他大手一挥说："走不走？要不要搭顺风车？"并且任由他粗糙的双手在我的肩膀上蹂躏几下。

我曾经就此对尤溪说："看吧，我一定要让我的男人及时带着iPhone、新相机、LV从天而降。最好这些东西都放在一辆崭新的汽车里。"

并且我还郑重其事地把这些要求写在了记事本后面，与上早自修、从食堂多打点儿饭以便周末可以不做饭等条目齐头并进。还隔三差五地加入一些条目，比如"SK–II的神仙水好像不错，神啊，让我三十岁以前能用上吧"。

尤溪说："这个男人身上的担子真重啊！"

我答："是的，所以他走得特别慢，到现在还没走到我身边。"

其实在我心里，那幅画面是这样的：那个人影走得既洒脱又不紧不慢，仿佛是在夕阳西下之时，他的身影贯穿长长的公路。他身上空无一物，既没有挎着我梦寐以求的奢侈品，也没有任何的累赘。他就那样坦荡荡地向我走来，踏实、温柔，无须多言，仿佛我们第一次说话就是我们的第一百次说话一样熟悉。

“楠楠，我们回家吧。”

他只这样说一句，我就义无反顾地被他牵着往前走。不管前方是哪里，都义无反顾。但无论怎么想，那张脸都有点儿像钟勇，棱角分明，低头时一阵阴霾，抬头时一片阳光。

告诉尤溪这个画面想必会被她耻笑。果然。

“那我还是幻想如果他包里揣着缩小胶囊，把奢侈品都放在里面就更好了。或者他说的不是我们回家吧，而是说：‘走，哥带你去商场买。’那我就更欢乐了。”尤溪如此渴望着。

但我们都清楚明白，能够如千手观音一般抓住这些东西飞奔至我们面前的男人想必不可能再长着一张基努·里维斯的脸。

“哎，要是他长得像宋祖德，当他给我买了个LV时，我好歹得亲他一口吧。可是我怎么亲得下去呢？我还是不要了。”每次想起这些悖论，我就无比惆怅。

只有尤溪镇定地回答：“我亲得下去……只要他买的是白三彩系列或者是村上隆和LV合作的最新款钱包。仅仅是老花皮我是不会亲的。”

我无语，“拜托，你亲的不是包，是他的脸好么？”

哦，我神游天外差点儿忘记了段老师。我赶紧收回我飞远了的思绪，努力把视线集中在眼前散发出用久了的毛巾味儿的段老师身上，瞪大我的双眼，幻想它们是小鹿般的双眼，做出了虔诚的姿态。

就在这万分紧急的时刻，我还顺便考虑了一下，段老师的脸给我亲，我能否亲得下去这个问题。

还好段老师不会想起给我买LV来刁难我。

只见段老师眯起了他的小眼睛，一撇儿胡子滑稽地在嘴唇上滑动，像一只硕鼠，他双目含春地对我说："这可是我特别照顾你的啊！去玉柱山两日游。你去了就知道了，哈哈哈！"说完扬长而去，留下我在学校的走廊里目瞪口呆……拜托……就是那个小小的破玉柱山二日游算什么福利啊，双休日我宁可在家睡觉玩猫。

太阳从学校走廊慢慢降落。我柔肠百结，想到自己又给自己找了个事儿，简直万念俱灰，一不小心就错过了今日与林老师搭讪搭顺风车的好时机。

罢了罢了，周末只好贡献给玉柱山了。

周六早上我顶着一头乱发踏着清风出门，在最后的时刻登上了前往玉柱山的大巴。一上车，我就感觉自己没化妆而选择了多睡十分钟这个决定是无比正确的。

车上的年龄层我怀疑和我爸爸差不多。老年团，彻底的老年团。我简直想高歌一曲陈奕迅的歌："夕阳无限好，只是近黄昏……"

尽管有个中年阿叔戴了一顶时髦的爵士帽，但这也不能掩饰他爵士帽下稀疏的头发。在自我介绍环节，他说自己是从日本留洋归来，我就听见前面有个小声音念叨，"是80年代踏出国门的吧。"

和我想的一样。

虽然男士不怎么样，但女生的素质普遍都不错。有个披着大红色披肩的披风女一上台就说："我就喜欢成熟一点儿的男士，最好是四十岁以上的。"她这一番发言博得了台下一众男士的好评，大家纷纷鼓掌，兴高采烈。

“长得还不赖，何苦呢！”那个小声音继续八卦道。

和我又想到一起去了。

我仔细去辨认了一下这个声音的来源，就发现了打扮得娇俏无比的阿一。他穿一件黑色贴身小西装，里面是大 V 领的灰色 T，领口开得比我任何一件衣服都要大。一头乱糟糟的卷发，后来他解释，那个自然卷确实是他人生中永远的疼。他在高中时就跑去美发店拉直过，但据说他拉直的效果很像王宝强在《士兵突击》里的许三多造型，这使得他再也不敢动这老天给的一头卷发。

阿一是个男人。没错。他穿匡威基本款运动鞋，牛仔裤有点儿紧身。我后来有机会近距离观赏他的双腿时，我立刻想把其切下来装在自己的腿上——绝对是大街上女人们羡慕的“瘦腿精”。

但阿一的确是个男人。

这个发现震惊了我，虽然从刚才的小声音中，我就听出了些许古怪，但我没料到他是个打扮入时的年轻男子。从小就练就了一对火眼金睛，看着 BL 漫画长大的我，立刻把阿一归类：好姐妹，青春做伴不寂寞。

这次玉柱山之行就靠他了。唯一的亮点。

阿一的介绍言简意赅，“报社记者，只是来玩玩的。”就轻松退出了尴尬的局面。

不像我，一上去就介绍自己是语文老师，立刻赢得了大叔们的好感，真是愚蠢之极。要说我这个职业有什么显著的好处的话，那就是在相亲市场上格外吃香。虽然不如幼儿园老师那么抢手，但也是温良恭俭让的代名词。

眼见玉柱山风景不算太差，有几个大叔要相约我单独去散步，希望能进一步了解一下。但我完全不想了解大叔使用的是哪个牌子的染发膏，我就立马铆上了阿一。

“要不我们去走走。貌似那边风景不错。”

我对他友好地眨眨眼睛。

似乎也非常无聊，阿一点头答应了。

“这边的风景哪里不错了，请问？”阿一没好气地对我说：“我替你解决了那几个大叔，你要请我喝可乐才行。”

“山上的可乐好贵啊，我一介人民女教师，两袖清风……”

“好了，好了，我请你喝就是。”

阿一的大气立刻使我对他的好感度倍增。我当时心想，要是我看错了呢，说不定阿一也是个好对象呢……幻想还没结束，阿一就开宗明义，“我是被我妈逼着来的，给报好名，说是有几个姑娘照片她都见过，不错。好像里面还有你的照片。”

“什么！怎么可能？”

“你那张还是个集体照呢。旁边还有很多很多学生，你被用红笔圈了出来做标注，哈哈哈。其实那照片看不清楚长相，但来的人里就只有你一个是老师……”

到了这里，我不得不佩服段老师工作如此认真负责了，拿了我们班级的合影给主办方使用。怪不得我觉得教研室后面的师生园地里多出来一块古怪的空白，原来是他把那里的照片给借走了。

“罗秋楠，所以我是一口鲜桃没吃上，你吃了烂杏半筐啊。”

在交换了彼此的情感经历之后，阿一给我来了这么一句。因为我们都喜欢顾长卫的电影《立春》，每年春天都要把王彩玲的台词拿出来念一遍。“每年的春天一来，我的心里总是蠢蠢欲动，觉得会有什么事要发生；但是春天过去了，什么都没发生。我就很失望，好像错过了什么似的。”

每年春天……都蠢蠢欲动，但最终什么都没有发生。

我反过来驳斥阿一，“你又好到哪里去啊？每次和别人乱搞，自己又没感觉，你干吗还出去一夜情啊？”虽然早就明白了自己的性向，但阿一的生理上实际还没觉醒。

“你不知道，我是做口碑的。”他不知好歹地回瞪我。

我被他的理论瞬间石化了……“一夜情还有口碑啊……请问你在江湖上有什么字号吗？菊花侠？”

“滚滚滚。”

“‘菊花残，满地伤’，不如我唱给你听吧……”我恬不知耻地把手搭在阿一的肩膀上，好像我是女人中的男人，他是男人中的女人一样，“阿一呀，等周杰伦来沙市开演唱会时，我们一起去好不好？”

我们嘻嘻笑着，时间过得好快。

其实在一夜情市场上的双面人是尤溪才对。这是我事后比较出来的结果。

在阿一二十四年的人生中，也有不少女孩子中意他。因为他温柔细心体贴，又会打扮，陪女性朋友逛街时还能给出确凿的好意见。况且他高中时也交往过女朋友，这使得不少女孩子以为自己可以将他由弯扶直。

有位高中同学甚至不怕跋山涉水，跑到沙市来泡他，并且暗示自己订了宾馆的大床房，邀请阿一过去叙旧。

阿一断然拒绝，因为他有一套自己的理论，“一个男人要是和一个女生同房，而没有把她给办了，那对她是非常不礼貌的事情。”

但是自从认识我之后，阿一经常就对我做不礼貌的事情。

他报社大稿子一交完，或是做了个震惊海内外的假新闻，就想到我家来喝酒玩猫。

第一次来时还特意向我确认：“你要做没有礼貌的人才行啊！”

他担心我找不到男人，病急乱投医。

“放心，我不会发泄在你身上！”

“那你家融咪是男是女啊？”

“它是小女猫。”

“那你有没有告诉她我是弯的？它不会对我很有礼貌吧？”

“放心，它对谁都没有礼貌。它只对猫粮有礼貌。”

阿一从不打算买房子，对车子也没有兴趣。他唯一的心愿就是：“找个喜欢的男人，然后和他一起过。”

“我羡慕你。你知道自己要什么。”

“其实你也不过是要找个喜欢的男人罢了。”

“但是我也要房子，要车子，要我们的孩子在我们死后拿鲜花来看我们。”

“那你继续做梦，我不打扰了。”阿一对我说话向来刻薄。但谁叫一个大龄剩女加一个大龄剩gay已经成了这个城市最时髦的组合，我们就这样继续对彼此刻薄下去。

和女人间的友谊不一样。我和阿一有许多密语，也可以手牵手走在大街上，假装自己并不孤单。我对阿一唯一的不满就是他实在是太消瘦了，并且还不吃米饭。“香喷喷的米饭啊！”我总是端起碗在他面前晃荡。里面一粒粒的东北大米晶莹剔透，再浇上一勺我从小到大都吃不腻的番茄炒蛋，一口口吃掉，可以暂时让我忘记所有尘嚣。

但阿一总是不为所动。

七月的时候，我们一起去看了孟京辉的话剧《堂·吉诃德》。阿一是个文艺男，并且由于在报社工作，常常能带我去蹭媒体场。《堂·吉诃德》就是他第一次带我去看媒体场，走进场子，我被深深地震惊了。满山满眼都是阿一和尤溪，满山满眼都是和他们一样打扮得很怪异，也可以说是出色的男男女女。男人的裤子只到脚踝，女人的裤子都在大腿以上。

阿一在我耳朵边上小声说：“别想了，这里的男人大部分都是我们界的！”并且还咬牙切齿地加一句，“妈妈的，还都是0！”

在我还没有反应过来的时候，幕布拉开了，演员郭涛从舞台上蹦了出来。单身久了，我连看他都有几分帅气……堂·吉诃德是一位愁容骑士，一直爱着幻想中的村妇。在王小波向李银河示爱的那些情书里，他不止一次把自己比做愁容骑士。

那为了爱情满面愁云的骑士。

看完《堂·吉诃德》和满山满眼的“0”与剩女，我和阿一都无比惆怅。我们走在话剧中心门口那条叫做春风路的文艺小路上，提不起一点儿精神。

阿一手上还端着一杯咖啡，他时不时喝上一口，但是一点儿用也没有。他用眼睛不时斜我一眼，以确保我没有走错路。

“你说，堂·吉诃德大老爷追逐那些风车和幻想中的魔法师，到底累不累呢？是幸福还是快乐？”我酸溜溜地向他发问。

“你此刻说话真的好语文老师啊，你可以不要这么专业么？”

“你提醒了我，我决定这个假期就布置我们四班的学生看《堂·吉诃德》的原小说，让他们写心得。在这个物欲横流的世界，那些死小孩必须看看这个。”

“愿堂·吉诃德大老爷保佑他们。”

“哈哈，那还不如叫我保佑他们。哈，如果我是大老爷，那你就是桑丘，陪着我出生入死，多好啊！朋友！好朋友！”

“那你喜欢的那些不切实际的男人们就是你的风车啰？”

“你是说黄磊、周杰伦以及马特·达蒙？”

“那些哪里能算是风车啊，我当记者还有可能泡上他们，你就一点儿希望也没有了。”

“你有个鬼的可能，他们都是直的！”我横眉冷对。

阿一立刻纠正我，做太多表情会导致法令纹纵深，但是我不管。我沉浸在思绪的海洋里。“阿一，话说回来，你总结过没有，在你恋爱这么多年，你必杀的是哪些人？我有个朋友程小妹专杀金牛座、清华男，每次遇到兼具这两个特点的男人，就逃不出她的手掌心……”

“有啊，直女和直男以及大叔。”阿一回答得相当快，当然答案也相当令人崩溃。说话时恰巧有一阵风从春风路上吹过，吹过他的头顶，吹起了他的自然卷，给他平添了几分惆怅和无奈。

“我常常在填报志愿时教育我的学生们，自己喜欢的和适合自己的很有可能是不一样的。那怎么办呢？你喜欢的可能不止一个类型，适合你的也并非只有一个，所以你就要在里面寻找交集，那就是你的目标。”

“所以，我的目标是——”

“大叔。”我斩钉截铁地回答阿一，遭到了他的一顿暴捶。

“拜托，我是颜控好不好！”

“那也有长得好看的大叔啊。”

“罗秋楠你！好吧，可是我讨厌胖子，大叔的身材都不怎么样啊。要是你是男的就好了，我就可以和你好了。”

“要是你是直的，我马上和你结婚。”我不甘示弱，“还有，要是我是男的，尤溪也会想和我好的，你到时候准备好和她打架争抢我吧。不过，你对我比她对我大方多了，我八成会选你。要不，你现在就先请我吃个小龙虾，为我们的将来打个基础？”

阿一欣然同意，果然是个爽气的闺蜜。

在我遇见陆振轩之后，作为一个只爱逞口舌之快的朋友，阿一总算派上了点儿用场。那是在我和钟勇还没有好上之前。

陆振轩是我的师兄，我们在大学的五十周年校庆上遇见。陆师兄一身肌肉黝黑，右边耳朵上打着耳钉，在校庆时依旧穿着篮球背心背着斜挎包上阵，但是他的脸长得很好看，眼睛又黑又亮，眉毛很浓。

当时，我觉得不少单身学姐、学妹都注意到了他。因此我轻易就原谅了他非常不和谐的穿衣风格。

只是他右边眉毛上好似缺了一块，看上去像有个小疤。但是这个疤痕不失帅气，倒是为他平添了几分男子气概。

陆师兄的眼神有几分深邃，看人的样子总有几分醉意。据说他大学时代就喜欢在食堂里看《史记》和《资治通鉴》，但因为和我相差了四岁，关于他的传说我并没有特意打听过。本来就不过是个路人而已，长得比较帅的路人。

“所有的帅哥最后都变成了路人。”这也是我人生的悲剧之一。除了一踏进我们四班的教室，就像打了鸡血一样趾高气扬之外，我在其他美好事物的面前都会腿一软，转身走掉。看见帅哥尤其如此。据说在江湖上的帅哥心目中，罗秋楠的字号都是冷血美人，因为我总是在他们和我说话的时候不搭腔地走开，他们都以为是我性格孤僻冷感，不知道我是心虚。

好吧，其实没有“美”字。

但陆师兄成为了例外。

在庆典后的核心校友聚会中，陆师兄偏偏走到我身边坐下，毫不做作的。那时，我心里乐开了花，有十只小鹿在奔跑。一直在家里苦练的侧脸微笑加挤出酒窝多半派上了用场。“天生丽质难自弃啊。”我鼓励我自己。

校庆这天我扎了马尾辫，虽然脸蛋儿依旧滚圆，但湖蓝色的外套帮了我不少忙。

后来我才知道，陆振轩之所以坐到我旁边来，是因为刚好有盘瑞士鸡翅放在我面前，而我们吃饭的桌子是没有转盘的……他怕坐远了夹不到。

这使得他在我心中的酷帅形象轰然倒塌。

其他的学姐学妹要是知道她们只是输给了一盘瑞士鸡翅，肯定会把银牙咬碎。

那天晚上陆师兄一人独吃了六只鸡翅。那一盘一共就只有七个，剩下的一个被我夹到了，因为离得近。陆师兄因此耿耿于怀。

但好在他的吃相并不难看。他的嘴巴看上去很标准，但实则张开后很大，所以食物都能准确地丢入，立刻闭上之后，不会留一点儿残渣在外面。嘴巴比较小一点儿的我就吃亏多了，啃个鸡翅半天啃不下来，总是把瑞士汁糊到嘴角。

“你的嘴角……”他指指我的脸，在深情凝视了我很久、让我误以为他迷上了我、发觉了我灵魂之美之后。

我登时满脸通红。死要面子大概也是我人生的特长之一。

看着我慌乱地用桌布擦拭嘴角，师兄笑了。他放下筷子，递了张餐巾纸给我。我忙不迭地说：“多谢多谢。”但是赫然发现那张餐巾纸是他自己用过一点儿的。

我满面狐疑。

“那个你不吃了吗？”他再指指我盘子里剩下的半边鸡翅。缺了一点儿的眉毛轻轻一挑，颇有点儿马特·达蒙在《谍影重重》中的风采。

看见我很迟疑地点了点头，师兄做了件令全桌人匪夷所思的事情。他很自然地伸出筷子把那个鸡翅夹到自己碗里说：“那我帮你吃掉吧。你这样浪费哦，师妹……地球母亲会生气的。”

“地球母亲，”他说，“地球母亲……”

听到这句“地球母亲”，我差点儿把嘴里的汤喷出来。“师兄，你确定是地球母亲而不是母鸡妈妈会生气么？”

“母鸡妈妈？”

“对啊，她原本要你赐给她的儿子一具全尸。”

“那这下好了，她儿子的尸体一半在你腹中，一半在我腹中，这下无法结为连理枝了。”

“哈哈哈。”

全桌人听见我们的对话，纷纷被雷倒，泪奔逃走。就连原本中意师兄的学姐也含泪告别，只剩下我和师兄津津有味地在打扫剩菜，我们一拍即合。

“为了地球母亲！”师兄吃掉了最后一块松鼠鲈鱼，我则干掉了最后一滴可乐。

“对了，你叫什么名字，有意思的小师妹？”

“我叫罗秋楠。”

“很好，是牛腩的腩么？”

“你……”

酒足饭饱，师兄小心翼翼地把我和他吃剩下的鸡骨头摆在了一起。我看着都觉得有几分恶心。“这下母鸡妈妈也开心了，有全尸了。”他笑嘻嘻地对我说。那一刻我怀疑他看的《资治通鉴》其实都被他吃到肚皮里了。

但我从小就对肯和我喝一杯水吃一碗饭的男人颇具好感。在我家，我爸每次帮我妈妈吃剩饭的场景我都觉得非常甜蜜。但随着我妈体重的逐年增加，她开始没有任何饭可以剩给我爸爸吃，他们经常因为最后一块肉而大打出手，互不相让。

师兄大概是把我当做了他的鸡翅朋友，不介意对我敞开心扉。

“鸡胸、鸡大腿、牛肉——尤其是靠近其臀部的位置，最后是猪肉，在我心目中，他们的顺序是这样排列的。”陆师兄满脸笑意地向我宣布，丝毫没有任何愧疚和不安。他深深以自己的爱好为荣。“牛肉就是那个部分，我画给你看。”

我看着这幅图，目瞪口呆。

“你不觉得，像鸡胸那样的死肉非常难吃吗？我比较喜欢活肉。”我勉强继续我们的对话。

“死肉才有肉的质感，唉，你不能体会那种美好。”他惋惜地摇摇头，把手在我的头顶抚弄了一下，算是安慰。他摇头的样子还是蛮可爱的。

“哎，既然你这么喜欢，那我下次请你吃 KFC 全家桶好了，原味鸡全部叫他们拿鸡胸肉好了。”

“真的吗？”陆师兄像个孩子似的瞪大了眼睛，非常惊喜地望着我。我觉得他对我是有感情的，虽然美环说这种自以为是、自作多情把我的人生给害惨了，但我依旧分不清男人对我的感觉到底是爱是喜欢还是什么都没有。

但是，这约会来得真 TM 容易。

在很久都没有被帅哥滋润身心，差一点儿把我们班的班草刘家俊天天留下来开小灶以满足我那恶女的渴望之后，我觉得，我必须把陆师兄搞定，哪怕杀死一百只鸡取其胸脯也在所不惜。

步出了餐厅大门，师兄问我：“牛腩妹，你住哪里啊……”

我立刻三条阴影，“鸡翅兄，我家就住在这学校附近，离这里大概走路二十分钟的样子。我不是牛腩妹！我是崇高的语文老师！”

“要么崇高的老师你等等，我去拿车，送你回去吧。”

说完，师兄冲我嫣然一笑。

我被“拿车”这两个字惊到了。我这辈子没见过什么有钱人，每次要搬家什么的，都只能厚着脸皮要学生家长派车来帮忙。

所以此番听了师兄的话，我立刻点头如捣蒜，乖乖听话，等在餐厅门口。

不一会儿，师兄骑着一辆银黑的自行车，一脚停在餐厅门口。我承认他一脚踏在台阶上的姿势很帅气，但是我很想转身走人，我以为师兄的外形至少应该搭配个“路虎”或者“牧马人”。

“牛腩妹，快上来。”他抬了抬下巴，又指了指后座。

好吧，我今天就拼了。穿高跟鞋走路回家，脚实在是太疼了。

我的湖蓝色外套和黑色蕾丝小裙在哭泣。但是我不管。

我侧身坐上师兄的自行车后座，一边把手扶在他的座椅上。

“你这样会掉下去的。”师兄一把拉住我的双手，环绕在他的腰上。他的腰部相当结实，很有力量，并且很温热。

转瞬间他就载着我飞驰——我幻想我们在飞驰。事实上，他也骑得相当快，快到我几乎觉得，他就要这样一辈子骑下去了。

师兄果然也是守信之人。虽然他常常不按牌理出牌。

校庆过后的周末，他立刻就给我打电话，“牛腩妹，我们什么时候去吃 KFC 啊？”

“呃……关于吃的事，你还真是一点儿也不忘啊。”

“你的名字我也没忘啊，牛腩妹。”

“一，这个周日我不用补课，可以去。二，吃完之后，请不要再叫我牛腩妹。”

“Deal！”

周日我请师兄去吃了 KFC，吃完全家桶之后，他又要求我在门口给他买了两个杂粮煎饼。饭毕，还颇有良心地回请我吃了一个冰淇淋。当然“牛腩妹”这个外号依旧响彻整个沙市的上空。“鸡翅兄”这三个字显然不如“牛腩妹”响亮，所以在象征性地反抗了几回之后，我依旧叫他师兄。

师兄，师兄，听起来就很有戏。距离上一次和李世涛谈恋爱，仿佛已经过去很久了。钟勇依旧不冷不淡地出现。那时候我还不知道他将来会属于我。

师兄那件千年不换的篮球背心就这样陪伴着我度过了好几个星

期，搞得我们班同学又开始人心惶惶，纷纷恭喜我谈上恋爱。

喜欢刘家俊的佳佳和妮妮更是大大地松了一口气，不再害怕刘家俊被我吃掉。“老师，最近气色不错。”就连不爱主动开口的刘家俊貌似也冲着我开了句玩笑。我想他们都误会了我和师兄的关系。

和我一样毕业于师范系的师兄在城郊的一个成人大学当老师，比我更轻松自由，但好像也更穷。熟悉了之后，他偶然也会向我吹嘘他的情史。比如说，在一次教育部的视察中，教育部的一个姓许的沙市小姑娘在听了他的课之后，死活都要和他在一起，天天到学校去给他送早饭。

“有空你应该来听我讲的屈原，多向我学习学习。”他常常义正词严地建议我。

“拜托，课本里哪有屈原。”

“我发挥的。这才是真正的教学啊！”师兄沾沾自喜，“长太息以掩涕兮，哀民生之多艰……”他扬扬眉毛，开始背《离骚》。我则打了个冷战。

要不是他有张帅脸，我真的就拂袖而去了。

但我很喜欢和师兄聊天。他说话的时候表情很丰富，嘴角有一点儿上扬。

我不知道如何定义我们的关系，但是我喜欢听他给我讲上下五千年，讲地球妈妈的故事。师兄唯独从不对我提起他的父母。我只是隐约知道，他家住在天井搭成的房子里，因为他喜欢向我炫耀他的爱树。

“那是棵法国梧桐，就在我的房间里。从我的房间里一穿而过的，所以它是我的树，我给它起名叫做艾娃。”说这话的时候，师兄孩子气地瞪大了眼睛。看见我迟疑的脸，他随即把脸埋在臂弯里，

“你不相信是不是？”他像个受伤的孩子。

我于心不忍，“那艾娃有多少岁了？”我故意问他。

他很快又高兴起来，“你知道，整个沙市里，都不可能有谁的房间里还有棵树。所以啊，住在天井里就是好舒服，夏天非常凉快。”

春天、夏天、秋天。

“那冬天呢？”

他没有回答我。

夏天里，一个周六的晚上，我磨磨蹭蹭地洗完澡，正准备再接再厉上床敷一个面膜，就接到了师兄的短信。

那条短信相当突兀，犹如春天里的惊雷，把我给震到了。我差一点儿站立不稳，幸好扶住了身边的柜子。

那条短信是这样的：“牛腩妹，我在外面太晚了，回不了自己家了。能来你家住一晚么？”

收到短信，我迟迟没有回复，心里敲打着一百样可能。我想了想刘家俊，想了想还未到手的钟勇，毅然回了个“好”字。然后就开始翻箱倒柜找我那条蕾丝吊带睡裙。

我原本头上如干物女般扎着冲天辫，身上穿着破旧但是舒服的粉色运动套装——还是在网站上购买的冒牌货，好莱坞明星最爱。佳佳似乎就有一套真的。

慌张地穿上蕾丝睡衣，再涂上了肉粉色的唇膏，把不算太长的头发吹得更加蓬松一点儿，我对着镜子照了下，一切刚刚好。“天生丽质难自弃啊，罗秋楠，你怎么这么可爱啊。”我催眠自己。努力不去注意自己那小短腿和算不上很细的，好啦，实际上是蛮粗的胳膊。

门铃已然响起。

我试想了一百句的见面语，一句都没有用上。

师兄沮丧地走进门来，完全没有看我的蕾丝一眼。他把背包往我的沙发上一丢，就颓然地倒下，脸色惨白，嘴里连连说着："饿，牛腩妹，我想吃泡面。"

我从未见过师兄这副样子，心里的担心排山倒海地涌出来。也来不及问些什么，只是连滚带爬地奔进厨房，拿出了泡面，烧开水，在锅里打了两个鸡蛋，从冰箱里翻出了一小把菠菜，切了一点儿葱花，通通煮进锅里。

再看了下冰箱，发现里面还有半包上次尤溪来我家吃火锅时剩下的小香肠，也一股脑儿丢进锅里。

师兄狼吞虎咽地把这锅大杂烩乱炖吃进肚皮里，只花了五分钟时间。

直至喝完最后一口汤，他才好像一点儿一点儿活过来。

"我一天没吃东西了，真是太饿了。"他歉然地冲我笑笑，那笑容里没有力量。

"怎么了？"

"什么怎么了。"

"难道不会自己去买点儿东西吃吗？这么大人了。"

"哦，我上个星期就把工资花完了。"

"那你不可以回家吃啊？你不是住家里的吗？"

"我没有把啤酒喝完，所以我爸说我这周都不能在家里蹭饭。"

"什么啤酒？"我越听越狐疑。

"啤酒……啤酒……就是……哎呀，我好困啊。"他假装打了一个哈欠，逃避我的问题。

“啤酒是怎么回事？”我拦在卧室的门口，“还有，你给我去洗澡。”

“能不能不洗澡啊？我睡地上就好。”

“我家地上也很干净，至少比你干净，所以你必须洗澡。还有，说说啤酒到底怎么回事？”

“那……我还是去洗澡吧。”

师兄看我一眼，低下头，颓然地走向浴室。看着他的背影，我突然有一点儿心酸。

我把我爸的睡裤和TEE找出来，轻手轻脚地放在浴室门口。又把他的床铺在卧室的地上铺好，在蕾丝吊带外面罩上了我的粉色运动上衣，到厨房把锅碗洗掉。

我听见师兄关了浴室的水，伸出一只手把我挂在门把上的睡裤拿进去，发出窸窸窣窣的穿衣声。我知道有些事情发生在他的身上，但他没有告诉我。我不敢再问，怕问下去，那些事连我都无法承受。我刚刚瞥到师兄的手臂上有一块深紫色的淤青。

他的眉头不展，我则心在滴血。

“其实，天井里冬天住着很冷的。”我正准备进卧室，就听见他在浴室里自说自话，那声音不太清晰，但我知道，他在说给我听。

“我家有箱我爸单位发的啤酒快过期了。这个月底就要过期了，发现时只有五天了。我爸就叫我回家时不要喝水，只喝啤酒。我喝啊喝的，没注意。没想到，还是有几瓶没有喝完。

“我爸说，我表现得太差了，不许回家蹭饭。我钱又花完了，开始几天，我回家就摸冰箱里的花生吃，没想到今天摸花生的事情也被我爸发现了。

“很奇怪的一家是不是？

“我都二十八岁了，整整比你大四岁，但是你知道，我挺羡慕你的。”

……

随着师兄声音的起伏，我渐渐靠近浴室，把头抵在墙壁上。

我不知道师兄“奔三”的人了，还过着这样的人生。我不知道，高高大大的师兄，有一个这样的家。我不知道，为什么这么多年来，他依旧不反抗。

但我知道，我心疼他。也许不是爱，但是我从内心深处心疼他。

“家家有本难念的经，师兄我再也不问你了。你出来睡吧。”

从浴室出来，师兄穿着我爸爸的睡裤，穿着他的睡衣，欣然上床。没错，他看也不看我给他精心准备的地铺，就一脚跨过融咪的窝，爬上了我的床。

他仿佛君子一样坦荡荡，搞得我像小人一样。我正打算说点儿其他什么，师兄就悠悠地说：“这种床垫睡起来是不是真的很软啊，我从来都没睡过诶。我的床就是硬木板。”

我立刻噤声。任凭他侧身躺在我身边，有温暖的气息传来。

“这还是我第一次在女生家留宿诶。”盖进被窝里，师兄突然来了这么一句。

我的小心肝一紧，心里直打鼓：难道他下一句就是要向我献出他的处子之身？

我刚准备脸红，但还是好奇心占了上峰，“你不是说你每周都换女朋友么？你不是说你起码有过二十个女人吗？难道你都从未在她们家里留宿过？”

“是啊。我怎么会上她们的当。曾经有个当前台的小妹妹在她生日约会我，说请我去吃大餐，吃完后我脚底抹油准备走了。谁知道她急中生智说：‘我还没有吃饱，要么，我们再去吃一顿牛肉吧。’我就只好又去了。但是吃完牛肉我什么都吃不下了，所以……”

“所以你还是跑掉了？”

“是啊。哈哈。你真聪明。”

“这样好像不太舒服。”陆振轩自说自话，把手插入我的脖子下面，把我的上半身环抱在他的怀抱里，然后贴进我的头发，说了句，“罗秋楠，你好像一块香喷喷的炸鸡啊。”

我被他搞得意乱情迷，又觉得十分好笑。轻薄的吊带蕾丝睡衣好像没有起任何的作用，但是又使他的肌肉紧贴着我的胸和脸。

我把手轻轻地搁在他的背上，就听见他已经沉沉地睡去。

我彻底被迷惑了。“我就这么没有吸引力？”我内心一直在思考这个严肃的问题，不一会儿，也就此睡去。梦里师兄的故事在不断交缠，他那长着一棵树的小屋子，他那逼迫着他喝啤酒的爸爸。

半夜我隐约听到师兄在梦里低吟，他的手臂紧紧抱着我，“罗秋楠，你真是暖洋洋的。”他如此说道，又沉沉睡去，不知道是梦话还是醒着。我倒是又睡不着了。

“什么，他对你这么没有礼貌？”在听过了我和师兄的共枕眠却无比安全的事实之后，哪怕是在星巴克咖啡连锁店内，阿一都忍不住激动地大叫：“罗秋楠，他不能欺负你平胸就把你当男人啊！”

“谁是平胸，我有胸。”我极力地把胸往前一挺。

“我不是早说过，你就是最悲惨的那种胖子——平胸的胖子，胖子的一点儿好处也没占到！”

“那你这么有远见，他到底怎么回事吗？”我不甘心地追问。

“我怀疑他是性无能……你和他睡一起时，他有反应吗？”

“我怎么知道？”

“你不会摸啊？”

“滚！他睡得那么死，又把我死死压住，我一晚上都在思考着我会不会被他勒住窒息而死。哪有空去搞这些花样。”

“难道他是我们界的，要么你介绍给我吧。听你说他好像长得还蛮帅的，希望这次是个1啊！”

“滚！你又要和我抢男人！难道以后你就是我师母，不，师嫂？”

“不错不错啊，很有可能。快来给师嫂倒茶。”

“说正经的，你觉得他有没有可能是食草男啊？从日本传过来的一个说法。我们班那些90后们就有好几个这样的。男孩子，天天化妆得比女孩子还精致，连眼线都画。但是他们也不喜欢男生，好像也不喜欢女生，只喜欢自己。”

“那你和我岂不是都没戏了？”

“宁为玉碎，不为瓦全！”

我用力地掰断了手中的咖啡搅拌棒，一边在心里怀念起师兄的体温。

猜来猜去，最后我还是决定，派阿一出马，去验一验师兄的真身。要是他真是他们界的，我就把师兄拱手相让，想起来还真是心疼，到手的肥肉飞走了。

要是他不是，哼哼，那我就尽快找机会把他给办了，用鸡胸和牛臀部做诱饵。

计划到后来，弄清楚师兄的问题所在变得比和师兄好上更加重要。我严重相信师兄有童年阴影，直到现在也没有驱散。我曾经听说过，一个男人的性取向偏向于同行，多半是由于小时候父爱不够，或者母亲太强大（师兄时常挂在嘴边的“地球母亲”不包括在内）。

但阿一立刻纠正我说："我就是在初三时欢快地发现自己只喜欢男生，那是在一本叫做《家庭医生》的杂志上介绍的。在得知了自己这样的表现是被称为同性恋之后，我就欢快地成为了一名同志。虽然在那之前我就对辞典里'肌肉'一词旁配的手绘半裸男插画百看不厌啊。书中自有颜如玉！你看我果然就是吃文学这碗饭长大的。"

我被阿一的经历彻底折服。

周末，我安排亲朋好友到我家煮火锅。其实亲朋就是阿一，好友就是师兄。

听说了这一场验明证身大会，尤溪死活都要参与。虽然她和阿一彼此不咬弦，都嫌弃对方强占了我许多的时间，但在参观我的悲惨这点上，他们达到了高度的统一。

但尤溪和阿一不同，阿一在关键时刻还是个顶天立地的好男儿，不会不小心说出不该说的话，我只一个眼神，他通常就能明白堂·吉诃德大老爷的需求。但尤溪就要冒失多了。

这点对于一个公关来说，真是致命伤。所以我有时候怀疑她是故意的，就好像她常常故意不顾自己一米八的身高而装柔弱扑向帅哥的怀抱一样。

"我觉得他基本上就是性无能了。"尽管还未碰面，但尤溪就对师兄的人生给出了悲惨的判断，"要不你带颗蓝色小药丸去，他可能就对你有礼貌了。"

尤溪曾经应一位医药大叔的要求，与他共赴五星级酒店。

医药大叔穿着内裤躺在床上，请求尤溪帮自己按摩。豪放地脱掉自己上衣的尤溪以为这是大叔调情的方式，就卖力地赤裸上身为他按摩了二十分钟。没料到，二十分钟过去，大叔要求她再按摩一会儿，完全把她当做了正经的按摩女，这使尤溪相当不满。

“后来他洗澡的时候，我就说，我来帮你。没想到他答应了。那我想这次总算有戏了吧。结果进去一看，洗澡时他也死活穿着内裤不肯脱掉，用手紧紧按住关键处，好像我要强暴他一样。士可杀，不可辱。我心想，既然无能，干吗还要叫我去呢？难道仅仅只是为了欣赏我美丽而年轻的肉体……”眼看着，尤溪又带领着话题往低俗不堪的地方走去。

“你竟然没有夺门而出？”

“我没有。因为我听说，那家酒店的早餐非常精致，颇有档次。事实上，我也不虚此行——那早餐里的黄油是我吃过最醇厚的。咖啡也十分特别。”

尤溪的言辞中流露出浓浓的对那段早餐的怀念之情，我和阿一打算就此鸟兽散。我觉得带着她和师兄一起吃饭，无疑是一场噩梦。

“行，你要去也行。但是你不许当面问，师兄你是不是性无能！听到没有？不然我们就绝交。”我严厉地喝住尤溪。和她近十年的友谊让我明白，和她事先谈好条件是件多么重要的事。

周日下午，天气很阴沉闷热，有种“山雨欲来风满楼”的架势，我心中既忐忑又安定，希望能尽早得到答案。我起了个早骑车去超市买了鸡胸肉、牛肉、肥羊卷和麻辣汤底以及各种菌菇。花了两个小时用牛肉和菌菇好好熬了个汤。再把麻辣汤底混合花生油，放入辣椒、花椒爆炒十分钟，把牛肉蘑菇汤注入调料，看着它们一起在锅里冒泡。

要说我的人生还有什么所长，那就是厨房了。要抓住男人的心，就要抓住男人的胃。这句老话把我害得很惨。我爸爸妈妈从小在这种传统教育下把我培育长大，要求我会做饭，自食其力，不花别人的钱，结果害得我正直善良，完全找不到男人。没有男人可以给他做饭，我只好做给自己吃，这也使我的身形有一种扭曲发展的趋势。

我爸爸不知道，那种传统的价值观已经早就被沙市人民抛在脑后了。

阿一穿了件灰色上衣，搭配格子短裤，看上去价值不菲。自然卷很明显特意去外面吹过了。他下午 3 点就早早来我家，抱着融咪在沙发上发懒，我喊他来帮我洗菜也不肯来。“我今天要派上重要用场，我得十指不沾阳春水才行。”他得意扬扬地对我说。

“好，过完今天，我看你还来不来我家蹭吃蹭喝。”我威胁他。

“等我当上你师嫂了，我就去住他那个天井了，拜拜。”阿一故意气我。

好吧，我真的有点儿紧张了。万一师兄真的不喜欢女人怎么办？那我要让阿一请我吃十顿火锅作为弥补。

师兄比约定时间提前到了一个小时，拎着两大瓶可乐上来。看见扭曲成 S 形倒在沙发上看电视的阿一他先是吃了一惊，随即镇定下来。

我互相介绍了他们，对阿一的身份故意含混不清。我想，要是师兄有哪怕一点点在乎我，也会介意阿一的存在吧。阿一看见黝黑的师兄，笑得像一朵花儿似的。气氛相当融洽，师兄甚至很快和阿一开起了玩笑，和他一起数落我的身材，“我们家牛腩妹有时候不像牛腩，我觉得，更好似一块炸猪排，哈哈哈！”他和阿一说说笑笑，一边望向我的眼睛。

但是“我们家”这三个字又让我气不起来。“牛腩妹，我来帮你洗香菇吧。”他二话不说钻进厨房，我心里暖暖的。

趁师兄进卧室搬椅子，阿一伏在我耳边轻轻说：“我觉得他蛮好的，就是黑了一点儿。我不喜欢皮肤黑的，其他甚好。”

布置好桌子，开好空调。师兄帮我把锅子和菜色全部端上桌，做这些事情，他只要一眨眼的工夫就都做好了。“罗秋楠啊，你这个家就是缺男人啊。”看着师兄麻利的手脚，阿一哪壶不开提哪壶。师兄深深地看了我一眼。

我一时语塞。

夏天里的大荤火锅非常受欢迎，尽管阿一一边叫嚷着自己要减肥，一边却毫不留情地和师兄争抢着肥羊卷，并且把素菜抛在一边。不靠谱的尤溪姗姗来迟，直到我都已经快吃饱了，才来狂按我家的门铃。

没有想到的是，她把钟勇给带来了。

看见钟勇，我的心脏怦怦直跳。我看看师兄，又看看钟勇，暗中怒骂了尤溪一百遍。尤溪冲我眨眨眼睛，“刚才参加的建筑论坛活动正好碰到了钟勇，他听说你家有火锅招待，就兴冲冲地也想参加。”

“你是想节省打车费吧，拖着钟勇来。”阿一拆穿她的假面。

“你还不是来蹭吃蹭喝！”尤溪立刻把自己安置在了一个舒服的位置上，“这位就是罗秋楠的师兄啊？名不虚传，名不虚传。”

“我是陆振轩，牛腩妹给我传播了什么虚名？”师兄问道。

听到“牛腩妹”这三个字，尤溪爆发了一阵天摇地动的大笑。一旁依旧站着的钟勇也不急着落座，只是插着双手闲闲地站着，一副来看好戏的模样。我看着面前的雾气腾腾，彻底忘记了自己究竟是怎么样把场面搞到这么混乱的。

饭后我搬出了藏在柜子里的奶油生日蛋糕，师兄相当吃惊。其实我不知道师兄的生日具体是哪一天的，我只是知道他是狮子座的，“反正你的生日总归也就是这几天了，我想吃奶油蛋糕了，所以就贸然给你过了个生日，师兄快许愿吧。”

师兄眼角仿佛微微湿润，他背转了身去在脸上胡乱抹了几下，然后转过来笑着说：“都好久没过过生日了，不知道还会不会吹蜡烛了。”

“那些一次性餐盘我一个都没要，免得你地球母亲又伤心了。”我笑着回敬师兄。

尤溪和阿一在一边起哄。钟勇看看我，又看看师兄，脸色有些阴沉。

切好蛋糕，场面更加不可控制，尤溪甚至翻出了我家仅有的一瓶千寿酒。那是佳佳的爸爸去日本旅行后给我带的礼物。现在学生家长孝敬老师的礼物千奇百怪，但就属这瓶千寿最得我心，一直舍不得喝。当然也有不少家长不谙此道，使我颇为恼火。可惜我是新生代老师，没资格带学生到高三，只有资格拉扯他们到高二，最终福利总归是享用不到。这瓶我心爱的千寿酒，简直就是一眨眼就被他们喝了个精光。阿一喝了个晕头转向不说，就连师兄也微醺起来。

只有钟勇“我自岿然不动”地给大家添酒，时不时给师兄倒上满满一杯。好在阿一喝醉了也没忘记我交给他的任务。所谓酒壮色人胆，他趁着醉酒拼命往师兄身上靠。明明酒量很好的尤溪，也不顾我们的革命友谊，毅然睡在了师兄的大腿上。师兄无可奈何地望了我一眼，伸出手来，轻轻盖在我的手背上。

他依旧什么都没有说。

钟勇见状终于多说了几句：“我看尤溪和阿一都醉了，我把他们都送回家吧。你们师兄妹好好在家收拾战场。”他对我眨眨眼睛，但是那表情很讨厌，言语很冷。

“你许了什么样的愿望？”一边收拾桌子，我一边貌似不经意

第二部分为参赛者可选择填写的信息

这些信息方便我们了解你的个性与天赋，并最终介绍给读者们，为了让大家更多地了解你，请尽量填写。

此处信息有可能公开，你可以选择不填写。

一旦选择填写，请务必真实。

你的兴趣、爱好：	你的特长：
个人网站或BLOG地址：	你喜欢的作家是：
你最喜欢的书籍是：	
家庭收入：	
你的家族里有文学创作者么？	
你平时看的杂志：	
你对“文学之新”的看法是：	
你从何处得知该比赛：	你是否参加过类似比赛？
你曾获得什么奖项？	
你是否有作品被刊登过，具体是：	
你的家人是否支持你参加此次比赛？如不赞同，为什么？	

你是否参加过第一届“THE NEXT·文学之新”新人选拔赛?

你为什么要参加“THE NEXT·文学之新”新人选拔赛?

你最喜欢或最期待哪一位评委，为什么?

告诉我们，你自信能入围的理由是什么?

请向大家介绍自己（300字）：
（可另附纸）

你的梦想（300字）：
（可另附纸）

来稿地址：

1.书写稿、打印稿请邮寄：北京市朝阳区曙光西里甲6号时间国际大厦A座1905室。
邮编：100028。请在信封上注明：“THE NEXT·文学之新”大赛组委会(收)。
2.网络投稿地址：thenext1@wenxuezhixin.com或thenext2@wenxuezhixin.com
具体报名参赛流程、规则、电子报名表下载等相关信息，请登录：www.wenxuezhixin.com

长江文艺出版社北京图书中心·上海最世文化发展有限公司

重点书目：

名家名作

《妄谈与疯话》	六　六	22.00元	《后寓言：<狼图腾>深度诠释》	李小江	39.00元
《偶得日记》	六　六	20.00元	《结婚进行曲》	赵　赵	20.00元
《蜗居》	六　六	25.00元	《新狂人日记》	王　朔	25.00元
《手机》新版	刘震云	25.00元	《大校的女儿》	王海鸰	24.00元
《一地鸡毛》	刘震云	23.00元	《读史记》	王立群	26.00元
《我叫刘跃进》	刘震云	25.00元	《高地》	徐贵祥	25.00元
《一句顶一万句》	刘震云	29.80元	《武训大传》	瞿　旋	30.00元
《鲁迅回忆录》	许广平	32.00元	《精变》	泊　尔	26.00元
《非诚勿扰》	冯小刚	22.00元	《教授》	邱华栋	25.00元
《失控》	张　震	25.00元	《大国的较量》	吴海民	28.00元
《荣宝斋》	都　梁	36.00元	《天瓢》	曹文轩	25.00元
《狼烟北平》	都　梁	30.00元	《咏远有李》	李　咏	25.00元
《血色浪漫》	都　梁	36.00元	《岁月与性情》	周国平	20.00元
《狼图腾》	姜　戎	32.00元	《官场逗》	宫小桃	20.00元
《狼图腾》英文版	姜戎/葛浩文	96.00元	《窗边的男孩》	安德里亚·怀特	22.00元
《女人心事》	万　方	23.00元			

名人励志

《如果爱》	冯远征/梁丹妮	22.00元	《相信中国》	梁　冬	20.00元
《幸福深处》	宋丹丹	22.00元	《我的诺曼底》	唐师曾	29.00元
《墨迹》	曾子墨	22.00元	《我的世界我的梦》	姚　明	25.00元
《心相约》	鲁　豫	22.00元	《时刻准备着》	朱　军	25.00元
《忏悔无门》	王春元	26.00元	《我把青春献给你》新版	冯小刚	26.00元
《印记》	傅彪/张秋芳	22.00元	《两生花》	沈　星	22.00元
《潘石屹的博客》	潘石屹	26.00元			

实用指导

《从头到脚说健康》	曲黎敏	29.00元	《黄帝内经·生命智慧》	曲黎敏	29.00元
《从头到脚说健康2》	曲黎敏	29.00元	《从字到人：养生篇》	曲黎敏	28.00元
《黄帝内经·胎预智慧》	曲黎敏	29.00元	《股民基民常备手册》	陈火金	29.00元
《黄帝内经·养生智慧》	曲黎敏	29.00元			

以上图书，欢迎到各大书店购买。
咨询电话：010—58678881转1362/1361/1368/1358/1369/1366/1367/1363

长江文艺出版社北京图书中心·上海最世文化发展有限公司

重点书目：

青春文学

书名	作者	定价	书名	作者	定价
《小时代1.0折纸时代》	郭敬明	29.80元	《大梦》	猫某人	19.80元
《小时代2.0虚铜时代》	郭敬明	29.80元	《当我们混在上海》	叶　阐	26.80元
《悲伤逆流成河》百万黄金纪念版	郭敬明	25.00元	《单人床上的忏悔》	叶　阐	26.80元
《幻城》2008年修订版	郭敬明	23.00元	《浮世德》	陈　晨	24.80元
《N.世界》	年年/郭敬明	38.00元	《薄暮》	林培源	21.80元
《夏至未至》2010年修订版	郭敬明	26.80元	《锦葵》	林培源	24.80元
《临界·爵迹Ⅰ》	郭敬明	19.80元	《回声》	蒲宫音	19.80元
《收纳空白》	年　年	36.00元	《远歌》	蒲宫音	22.80元
《琥珀》	年　年	29.80元	《光月道重生美丽》	自由鸟	19.80元
《告别天堂》2010年修订版	笛　安	22.00元	《羽翼·深蓝》	自由鸟	22.00元
《西决》	笛　安	22.80元	《白色群像》	肖以默	22.00元
《东霓》	笛　安	26.80元	《迷津》	萧凯茵	24.80元
《须臾》	落　落	24.80元	《燃烧的男孩》	李　枫	24.80元
《不朽》	落　落	22.00元	《直到最后一句》	卢丽莉	24.80元
《尘埃星球》2009年修订版	落　落	22.80元	《沙城》	雷文科	22.80元
《年华是无效信》2010年修订版	落　落	24.80元	《恋爱习题与假面舞会》	爱礼丝	22.80元
《全世爱》	苏小懒	19.80元	《微光世界》	小　皇	36.80元
《全世爱Ⅱ·丝婚四年》	苏小懒	22.80元	《童年是孤单的冒险》	简　宇	22.80元
《四重音》	消失宾妮	22.80元	《蒹葭往事》	林　汐	22.80元
《馥鳞》	消失宾妮	22.80元	《第四人称》	陈　龙	22.80元
《任凭这空虚沸腾》	王小立	22.80元	《草样年华1》	孙　睿	22.00元
《陪安东尼度过漫长岁月》	安东尼	19.00元	《草样年华2》	孙　睿	18.00元
《这些都是你给我的爱》	安东尼	24.80元	《我是你儿子》	孙　睿	23.00元

书名	作者	定价
《第一届THE NEXT文学之新新人选拔赛作品集上》	郭敬明主编	29.80元
《第一届THE NEXT文学之新新人选拔赛作品集下》	郭敬明主编	29.80元

原创漫画

书名	作者	定价
《青春白恼会VOL.1恋爱零突破》《青春白恼会VOL.2少年相对论》	千靥/阿敏/爱礼丝	10.00元/册
《青春白恼会VOL.3高校大作战》《青春白恼会VOL.4摇滚特工队》	千靥/阿敏/爱礼丝	10.00元/册
《青木时代VOL.1》《青木时代VOL.2》《青木时代VOL.3》	陌一飞/郭敬明/猫某人	14.80元/册
《下垂眼》	王小立	10.00元
《王牌大助理》	阿敏/小叶/小青/meiyou	26.80元

《最小说》杂志系列：2010年改为月刊。

《最小说》+《最漫画》　郭敬明主编　15.00元

青春励志

书名	作者	定价	书名	作者	定价
《年轻的战场》	张　杨	22.00元	《靠自己去成功》	刘　墉	16.00元
《成长·成功》	刘　墉	16.00元	《告诉世界，我能行》	卢　勤	18.00元
《跨一步，就成功》	刘　墉	16.00元	《告诉孩子，你真棒》	卢　勤	16.00元

地问师兄。

“如果可能，我希望自己能够消失。”

“消失？”

“消失不是去死。死亡会留下尸骸。虽然百年以后，尸骸也会灰飞烟灭。但是在不长不短的时间内，还是会提醒周围的人，我曾经存在过。所以我希望，自己能够彻彻底底地消失，像一阵烟一样，忽然间就不见了。”师兄如此说道。

他如此说到自己的生日愿望。

我呆呆地任凭水龙头冲刷着水池里的碗，是不想让他听见我流眼泪的声音。我很想转身扑到他的怀里，轻声安慰他说：“一切都会过去的，有了我，一切都会过去的。”但是我说不出口。因为我根本不确定，有了我之后，那一切是不是会过去。我给不了师兄那许多，我只给得了他满满的鸡胸肉、牛肉，还有满满的我自己。

师兄慢慢吞吞地从后面走近我，抱住我，把他的头埋进我的脖子，大口呼吸，“牛腩妹，你现在变成火锅妹了，满身都是辣椒油的味道，但是我好喜欢。”那一夜，师兄对我很有礼貌，太有礼貌了。谦谦君子，小女子爱之。

“我觉得，你师兄是爱我的。”酒醒了之后，阿一跑到我家来撒欢。

“我觉得，你师兄比较喜欢我，他让我躺在他的大腿上，还给我念《诗经》。”尤溪也不甘示弱。

“你这个笨女人，没有知识的死公关，他念的是《离骚》。”阿一纠正她。

为了师兄到底对谁有意思，到底是“0”是“1”这个问题，阿一和尤溪差点儿打起来。阿一觉得，师兄看着他的眼睛言之有物，劝我早日死心。尤溪觉得，师兄爱的是她这款高大肥美的女人，“做女人要丰满知道吗？他之所以对你不感兴趣，是因为你的胸。”她骄傲地挺起她自己的。

他们都不知道我的秘密。只有钟勇给我发了条短信：“某人的师妹，珍重。”

我知道他是在提醒我，但我实在觉得他很烦。

那次之后，我和师兄的关系好像并没有落在实处。他依旧有古怪之处。他没言明，我也不问。他常常给我打长达两个小时的电话，他常常到学校来接我下班，但他再也没有住过我家。这一切都使我无比纠结，无人相诉。我觉得我开不了口告诉阿一和尤溪，其实我和师兄早有一腿，但是毫无进展。他们显然会把我掐死。

而且阿一目前和一个巨蟹男开始网聊，尤溪正和身高一米九的超市经理约会。他们都没空管理我的问题。只有美环被我抓出来喝茶，但她全程都在向我阐述她发现陈启发和她表妹之间的蛛丝马迹。

“和你的表妹？”我吃惊地瞪着她。

“我也不希望是。但是陈启发最近一直在帮表妹修电脑，表妹也怪怪的，我一定要查清楚这件事情。”美环差点儿把银牙咬碎。

我觉得和她的苦大仇深比起来，我和师兄之间的无进展已经算是进展了，何况我已经习惯了有他在身边的日子。

事情的败露是在冬天快来的时候。我又忍不住倒贴了。我给师兄买了一床轻薄但是保暖的羽绒被，希望他能够在冬天用上。他那个天井搭建的房子始终让我忧虑，但是他从未带我去过。每次我哪怕有稍微一点点的暗示时，他都会突然变得很忧伤。

“总有一天我会带你去的，总有一天。”他仿佛是在这样向我承诺着。但他其实是在故意逃避这个话题。

我也是。我幻想过一千次一万次他家里的场景，总是一次比一次凄惨，一次比一次无法承受。要是师兄家真有变态的父亲，可怜的母亲，悲剧的妹妹，一贫如洗的背景，我不知道我还能不能这样和他继续走下去。

但我忘不了他对我温柔的礼貌。

有次陆振轩从家里快递教材给我的时候，我终于拥有了他家的地址。其实他已经很小心，他没有在快递单上填写发件人的地址，只写了自己的姓和电话号码。但是我展示了我在蓝领阶层中的魅力，对着那个快递小弟巧笑倩兮，“哎，我哥怎么忘记写他新家的地址了，我明天还要把东西快递还给他。还要打个电话给他问地址，真麻烦啊。”我胡乱编了个烂理由，在那里自导自演了一番，快递小弟就老老实实地把他刚刚去过的门牌号写给我了：钵子街239号103室。

钵子街？我拿到师兄的地址感到匪夷所思。我越想越不对，下了狠心抱着被子就这样打车过去。

直到很久以后，我都忘不了那样的场景，我都忘不了师兄给我开门时那尴尬的脸色。钵子街是沙市著名的高档别墅区，离师兄在城郊的学校不远。我站在他那美丽的房子门口，抱着一床大大的被子，像个傻子一样。

“我想，这里其实不会有一个天井搭建的房间是吧？要么干脆是一个天井花园。”我冷冷地问。

师兄沉默不语。他没有再穿着我熟悉的那件运动夹克，身上的外套材质良好。屋子的玄关处摆放着奈良美智的画作，看起来是个颇有品位的家。

“你的那棵树，叫什么艾娃的，也是在向我寻开心么？那颗鬼树到底在哪里，你到底是谁？”我气到发抖的地步，“有没有人告诉我，这是怎么回事？”

“你进来吧。”师兄来拉我的手，我几欲甩开，却一点儿力气也没有。我被他慢慢拖着，进了那所白色的房子，穿过长长的门廊，来到了一座玻璃花园里，我看到那棵法国梧桐默默地矗立在花园的中心，穿越玻璃顶棚，长得很高。他真的有一棵树，一棵长在屋子里的树。

接近冬天的梧桐树，只剩下零星的几片叶子。花园里的其他植物倒生长得格外妖艳，我说不出它们的名字，只望着这一片片的灿烂，颓然地倒在花园里的小躺椅上，一句话都说不出来。我不知道这一切到底是怎么回事。我觉得我脑袋很胀。

“这就是艾娃，我没有骗你。”半晌，师兄终于说出一句话来。

“我是住过天井搭建的房子，那个也没有骗你。喜欢吃牛肉和鸡肉的事情也是真的。以前养成的习惯，多久都改不了。”他把我拉起来，轻轻靠在他身上，“但那都是小时候的事情了，小时候，爸爸对我很不好，家里没有钱，吃的东西也少，我又长得快，所以喝啤酒，吃花生都是真的。

“我穷得怕了。后来，后来的事，我不知道怎么告诉你……我，遇见了……她。”师兄垂下头，手指划过我的发丝。我觉得说不出的厌恶，又说不出的无奈。“我和她没有共同话题，她不喜欢古典文学甚至一切文学，但是她只喜欢我。她对我很好。你的事，她也猜到了。但是她说，我只要每个星期回来住几天就可以了，别的她都不在乎。我觉得自己很对不起她，但是也很对不起你。有一段时间我真的希望自己能够消失。消失得无影无踪，再也不给你们带来痛苦。

“牛腩妹……我其实……”

“——不要叫我牛腩妹，我觉得恶心。”我打断了师兄的话。

听了我的话，师兄眼中闪过一丝难过。“好的，罗秋楠。我早知道会这样。就在我选择这样的人生的第一天，我就知道会这样。总有一天，我会遇到一个女人，我会结结实实地伤了她的心，更伤我自己的心。”他的表情不无凄然，“这期间，我挣扎过，我逃避过，但是我还是忍不住去了你家，编了些很烂的理由，怕被你看出我的真实生活，有多么地软弱。”

“有时候我会做那种梦，梦里我在前面跑，她在后面拼命追我。无论我躲在哪里，她都能找到我，然后我继续跑。我和她说过这个梦，她哭得极为伤心。所以我希望自己可以消失掉，我所有的罪孽也一起消失。

“但我梦到你完全不同。我梦见我们站在绿色的草坪上，你手里拿着花，对着我笑，然后我向你走过去。你穿一条湖蓝色的裙子，就站在那里，笑得好开心。但是我一抓，你就像气泡一样消失了。”

我一时动了恻隐之心，去抚他那已经纠结在一块儿的眉毛，“这块缺掉的眉毛，是怎么回事？”师兄却抓住我的手，放在他下巴边摩挲。

“小时候被我爸打的。”他老老实实地承认，“就是啤酒的事。那个真没有骗你，但是是十年前的了。我爸爸现在在医院里躺着，尿毒症，每隔两星期就要血液透析一次。这已经是他住院的第五年了。”

我的手指停住。我知道他这话意味着什么。仅仅凭借一个成大教师的工资，是不可能支撑这样的五年的。“你不恨他？”

“当时恨。但是现在已经不恨了。我知道我现在的生活，怪不了别人，都是因为我自己。就算是没有我爸爸的病，我当初可能还是如此选择。但要是早一点儿认识你，再早一点儿认识你。我可能就不会这样选。你相信吗？”

“我相信。”我看着艾娃在我们面前发着光，看着师兄眼睛里没有说出来的那些话。“谢谢你曾经对我有礼貌过。本来我还以为自己是个毫无吸引力的女人，多谢你捧场。不过你现在这么有钱，可以买很多鸡腿肉牛臀肉吃，不要再去外面和别人抢吃的，尤其不要因为一盘瑞士鸡翅，就随便坐在一个女人的旁边。那样是很没有礼貌的事情。”

“不会的。你放心。我再也不会那样子坐在谁身边了。”

这是陆振轩对我说的最后一句话。我们从此再也没有见过面，哪怕在路上，也没有很偶然地碰到过。

CHAPTER 05
你到底爱不爱我？

我觉得女人真的是麻烦的动物。据说每个女人都喜欢问的一句话是：“你到底爱不爱我？”和它内核差不多的问题还有：“你是不是不喜欢我了？”“你到底喜欢过我吗？”

仿佛那个男人要是说了一句“是”，就真的是一样。

我甚至会对我们家猫说：“你到底爱不爱我？”

惊觉自己也爱说这句话的时候，我正在自己家的马桶上，看一本乱七八糟的小说《失恋十日谈》。融咪则照旧蹲在我脚边的一本旧杂志上，用尾巴尖轻轻扫着我的脚背。不自觉说起这句话叫我发现自己也是个平凡的女人，连猫都不放过。

但是融咪究竟爱不爱我呢？这确实是个很纠结的问题。

它生起气来的时候会疯狂地咬我，而且准确地找到我光洁的脚背，而不去咬我穿着粉色运动裤的小腿。我就想猫应该分不出什么是我的肉，哪里是我穿的衣服吧，但是结果总是让它咬在我最脆弱的部位。

但是如果我不理睬它，它又会悄然来到我身边。

在我打电脑的时候，坐在我背后，睡觉，不时打量我（至少在我的余光中如此）。

它在我上厕所的时候，像塑像一样把守在门口。听到我回家的脚步声就大叫，并且打滚给我看。但每次我觉得它如此可爱到不行，觉得它爱死我了，我一定要回报它扑向它的时候，它就会突然充满嫌恶地跑掉。

徒留我一个人脸上还挂着欲望的表情。

所以说，当一个男人看上去很爱我的时候，我其实应该原地站着不动。不然扑过去了肯定扑空。这就是我从融咪身上得出的结论。

而且更可怕的是，当我问起“你到底爱不爱我”时，猫不会回答我的问题，我可以推说是因为融咪不会说话。但男人会回答我的问题，却不回答，那该是多么尴尬的场面。

所以我只能继续每天质问我的猫：“你到底爱不爱我？”然后它依然用尾巴尖看似不轻易地滑过我光洁的脚背，然后跑掉。

我还是忍不住扑过去了，就像我扑向每一个男人的怀抱一样。

“事实证明，一个爱你的男人，再累还是会与你乱搞。就像一个男人再穷，也会送你礼物一样。”尤溪总结道。她在这个方面善于总结，当然，也仅限于这个方面。

“如果他没有上你，要么他就是 gay，要么他就是性无能。这下我更坚定这点了。”她继续絮絮叨叨，“还好你后来和钟勇好上了，不然你怎么办啊，朋友。”

听见尤溪这话，我才由忧转喜，想起钟勇对我的好来。在李世涛和陆振轩之后，我在朋友圈中得到了一个美名，“人渣吸铁石”。“李世涛那样的人就算了，可以怪在美环头上，是她介绍不力。但师兄这个是你自己哭着喊着去找过来的，你怎么总是有办法从人群中辨认出那些极品男呢？你们就像磁铁的两极，彼此吸引……”

“你说，钟勇不会也是个极品吧。你还记得你是怎么认识他的？”我小心翼翼地问尤溪，不免对目前的甜蜜生活有了一丝小小的担心，“你知道，我的运气一向很坏。”

“据我所知，没有一个给他买车买房的爸爸，也没有一个供养他吃喝的女人，你放心，他是他自己的主人。他不需要为别人的人生负责。”

“你怎么知道？”

“我认识他是在一个饭局聚会上，当时他同时在应付三个女人。各个都比你漂亮身材好，他居然选了你，可见你们是真爱。”

“我靠，这话你从我前男友那偷听来的吧。”

“你哪个前男友说过这么惊天地泣鬼神的话啊？岂不是和我一样聪慧了。”尤溪很不屑地撇撇嘴，然后看了一下表，是一只镶满水钻的手表。“我要去和超市男看电影了，晚了就买不到今日对折的票了，拜拜。”她撇下我离去，又转回来说，“你和钟勇不去看电影啊？要不我们四人约会？”

“不去了，他最近有个新项目在忙，没时间和我看电影。”

“哎，那你要小心了。你们才热恋没多久，他就开始忙工作了。说不定你这次又碰到衰神了。”

“不可能。他非常非常爱我。”我跳起来打尤溪。

"能有多爱啊？"

钟勇到底有多爱我？我说不上来。但总之就是很爱很爱。

每天出门前，钟勇无论在做什么，都要奔出来叮嘱我一番，"喂，出门小心被车撞。"

"妈的，你诅咒我。"我总是这般恶劣地回答。但我慢慢发现，他是真的怕我被车撞死了，怕我掉进水里淹死了，怕这世界上没有我了，他因此就不能活下去了。他是认认真真地叮嘱我的，不是玩笑，不是儿戏。那种担心，只有很爱很爱一个人时，才会有。

"这样啊。那我待会儿也让超市男对我说，他一定会以为我疯了。"尤溪仍然很不屑。

其实我不想和尤溪分享我和钟勇之间的小甜蜜。

我给他定下了机器人学三大法则：一，机器人不得伤害人，也不得见人受到伤害而袖手旁观。二，机器人应服从人的一切命令，但不得违反第一定律。三，机器人应保护自身的安全，但不得违反第一、第二条。

他欣然同意。

一，钟勇不得伤害罗秋楠，也不得见到罗秋楠受到伤害而袖手旁观。二，钟勇应服从罗秋楠的一切命令，罗秋楠叫他去伤害谁他就得去。三，钟勇应保护自身不伤心，但不得违反第一、第二条。

我和钟勇之间总有说不完的话，那些话无边无际，全部都没有尽头。

我喜欢问他从什么时候开始喜欢我的，问他是不是很吃陆振轩的醋。

他说："我一开始就看出来陆振轩有隐衷，只有有隐衷的人，才会像他那样看你。"

我问他："他是怎么看的？你怎么知道得那么清楚，难道你也有隐衷？是不是也有个富婆在家里等着你？"

"我也想啊。和你在一起，太没安全感了。每次我来你家，你都说结束后要把我从床上踢下去。"

"是啊。因为尤溪说，其实男人就是这么想的。她说男人得到女人的身体之后，就想把她一脚踹下去，自己好好睡。难道不是吗？"

"其实……我怕死了。"钟勇做出了个嘟嘴的可爱表情。

"哈？"

"我真的怕死了。你动不动就说以后再也不联系，我也怕死了。"他说着说着，就动起手来抱住我，"我总有些极坏的预感，我觉得这些幸福都是假象。"

我只好紧紧抱着他。

小长假来临，我爸电话催我回家去给我妈妈过生日，他们有时候恩爱得让我抓狂。钟勇去火车站给我送行。他说手头上有个工程丢不开，没办法陪我回家。"当然我也怕你爸打断我的腿，要是他知道我每晚都搂着你睡觉的话，哈哈哈。"他一时间就得意起来。那张脸笑起来确实相当好看，也引人瞩目。

但是他压根儿不看旁的人，只是盯着我。

我没有他这么好的心情。临到出发时，我压根儿没有抢到火车票，只好用教师证先进站，然后上车补票。

钟勇混不进火车站，只好在进站口和我道别。我冲着他摆摆手，"你不是还要加班么？快回去吧。我自有办法，一定能挤上这班火车。”

说话的时候，我心里其实一点儿底子都没有。好不容易拖着大包小包进了站，结果乘务员却不让我上火车，说是已经超员了。我在售票办公室又折腾了半个多小时，想补一张下一班火车的票，也始终补不到。

在火车站折腾了一个小时，毫无办法，我只好先做在沙市多留一天的打算。掏出手机给爸爸打电话的时候，才发现钟勇一个小时前说再见时就给我发了短信：“小胖妹，你挤上车了么？”

我沮丧地往出站口走去，顺手给钟勇打了个电话，“承你吉言，我真的没有赶上火车。连补票都补不到。这样我又要拖着沉重的行李回家了。我想死。”

“没事，你快出来。我在出站口这里。”

“你在出站口？你怎么还没走？”

“嗯。”钟勇没有说下去。他沉默了一下说：“你快出来吧。你行李好重的。”

“难道说，你一直在外面等我，怕我走不掉出来没人管？”我在电话那头尖叫。

“嗯，的确如此……你得意死了吧。”他小声嘀咕。

在那一瞬间，我确实结结实实地被他感动到了。他怕我临时出事，走不掉，所以默默等火车开走了才走。如果我就此顺利走了，我永远不知道他会在火车站默默等到我离开。

他就那样静静地站在出站口，站在人群里，耐心地随时等待我的召唤。他的眼里一点儿也没有旁的人，旁的物体，只装得下我和我的行李，哪怕我在火车站被别人挤得乱七八糟，风度全无。

接过行李，钟勇敲一敲我的脑袋说：“你办事我还真不放心。要是有天我不在你身边了，你怎么办啊？今天晚上回去我先在网上帮你找一张票，明天再送你过来。”

“你不会不在我身边的。”我撒娇。

钟勇深深地看了我一眼。

感动，果然是不可以当饭吃的。

发现钟勇和我之间出了问题，到底是从什么时候开始的呢？大概就是从五一小长假，我回到沙市以后开始吧。他来火车站接我，只吻了我的额头。我当时以为是因为分开了几日，彼此有些生疏了，过段时间就会好的。谁知道，那是我们最后的甜蜜。

反正钟勇的离开，是一步一步的，显得颇有计划。其实这些事当时都有蛛丝马迹，事后回想起来也并非我粗心大意、毫无察觉。但当时一心沉浸在幸福中的我，完全没有料到钟勇会对我出这招。

后来我在网上看到一个帖子说：有没有天蝎男突然就消失不见啊？

我立刻回复：我我我。

然后惊觉下面有一排女人都迫不及待地点头。

有一次，我在家中摆弄钟勇的相机。

他悄无声息地从背后走过来，突然悠悠地说一声：“这相机送给你了。”然后立马飘走。

搞得我一头雾水。

我心想，这相机虽然是钟勇买的，但我一直在用，还用分什么你我么？

但我终究没有深刻去研究这其中的原因。

就连钟勇最爱的床上运动，他也总是因为工作之名而显得意兴阑珊，所以尤溪的总结是彻底正确的："一个爱你的男人，再累还是会与你乱搞。就像一个男人再穷，也会送你礼物一样。" 我却固执己见地相信我爸的话。我爸总告诉我："真正的缘分，是打都打不散的。"

可见真是我爸的传统教育传统价值观害了我，是毒果果。

他从小就对我说："楠楠，做人要独立。""楠楠，不能随便接受别人的礼物。""楠楠，那些男孩子你都不要理他们。""楠楠，爸爸很喜欢你的知道不？要是你没钱了，就回燕港来，爸爸养你。"

我妈总在一旁唉声叹气，等我爸走了之后，才小声凑到我耳边说："别听你爸那些，经济是国家命脉，有车有房的才考虑哈。"

钟勇没有车，房子是租的，但我都不介意。我知道终有一天我们会变得有钱，而且就算那一天一直不来，也没有关系。我可以找到二十元一件但是依旧好看的衣服来穿，我爱吃路边摊，最喜欢坐在大排档和心爱的男人一起，看人来人往。

但没想到，钟勇还是不要我。

有一天，钟勇表现得特别明显，他在我家翻找了整整一天他的篮球鞋，而他平时根本就不打篮球。我曾经对这双从未使用过，却被他带来带去的篮球鞋感到很好奇，他却总是含糊其辞。我问他为什么找得如此之急，钟勇总是回答我说："想起来的事情就马上去做了，这就是我的人生原则。"他一鼓作气地找出了自己放在我家过季的睡衣，他特别喜欢的几张 CD，一股脑带回自己住的地方去，我都丝毫没有感觉到，他正在离我而去。

那个真正的早晨来得悄无声息。我和钟勇相拥而眠。他上了早上 5 点的闹钟，晚上早早就睡下。因为他第二天要赶到苏州去开会。

苏州，又是苏州。他甚至从公司借了辆车子，这对平时不大愿意开车的钟勇来说，也算是特别的事情一桩了。但他只是说开会不想迟到。

我迷迷糊糊中感觉，他很早就醒过来。轻手轻脚地起来穿衣服，动作和平日里有些不一样。他好像在房间里忙活了很久，收拾这个，收拾那个。过了很久又没有动静了。我以为他已经出发了，睁开眼睛，却发现他坐在床头静静地望着我。那一眼相当复杂，我到现在还能记起来。

我说不上来那眼神是什么，但是有种我从未见过的悲凉，像是一种小动物。

发现我转醒，钟勇吓了一跳，对我说："我吵到你了？"

我摇摇头，把手臂张开，要他抱我。他停了一会儿，就埋下身子抱我，抱得又紧又凶。我不由得沉浸在这自以为甜蜜的爱情中，丝毫不知道我马上要失去他了。

"楠楠，再过一会儿，天就要亮了，我走了。"

"我给融咪加了些吃的和喝的，今天早上你起来就不用喂它了，可以多睡一会儿再去学校。"

"你今天怎么这么啰唆……"我断断续续地回答他，"很困啊。"

"是吗？那我不多说了。不过你啊，以后少吃点儿小龙虾。"

"不吃了。"我随意地敷衍他，又要沉沉睡去了。"那个……我出门时会小心的，你放心。"

"那就好，那我就不多说了。"

睡到 8 点钟，我极不情愿地拖拉着起床了，没发现家里有什么异常。餐桌上摆着面包和牛奶以及煎蛋，原来钟勇起床后倒腾了那么久，是在给我倒腾早饭。我一口一口把他的甜蜜吃掉，就搭班车去学校了。

一切都如往常一样。如往常一样。我只轻微感觉到有些不同。

第三节课休息时间，我接到了尤溪的电话。她一般 12 点前都没起来，不可能给我打电话。电话那头，尤溪的声音听起来很惊恐，比平时还高了八度，她在电话那头大声叫嚷："罗秋楠，大事不好了。钟勇要和你分手。他刚才给我打电话说，他去德国培训了。他说他喜欢一个女孩子从来不超过半年，你也不例外。"

"哈……你说什么？"

"罗秋楠，我说钟勇要和你分手。他打电话给我，让我告诉你！"

"哈……什么东西？"

"分手。你这个女人，怎么听不懂人话呢？钟勇这个变态太坏了，枉费我们做了那么久朋友，连你也不放过。他跑了，你听懂了么？他跑了。"

"哈？我听不清楚。"我挂断了电话。

眼泪不可抑制地流了下来，仿佛都漫过了我的脚面。天地间的一切都不存在了，而我在孤寂的宇宙中飞翔，被抛弃，又落下，被抛弃，这次又落下。

我想起那些些微的不同是什么了。他看我那深深的一眼，是一种诀别的眼神，是一眼万年，是下定决心再不相见的眼神，是非洲大草原上要离开族群的狮子的眼神，是太平洋底下最后看一眼家乡的三文鱼的眼神，是他要和我说再见的眼神。

再也不见。

来不及请假，第一件事是我打车回家。冲进家门，打开衣柜，翻找床底下，进厨房，到卫生间，翻遍家里的每一个角落。我发现钟勇不露痕迹地带走了他暂时留在我家的一切，他喜欢穿的那件柔软质地的名牌睡衣，他的篮球鞋，甚至是我送给他的小猴子形状的隐形眼镜盒子(因为我觉得他画图时抓耳挠腮的样子像一只小猴子)，只剩下一双白色的男士拖鞋，用旧了的牙刷和毛巾在屋子里。

连我挂在卧室墙上一张小小的合影他都带走了。我确实觉得家里少了什么东西。

他带走了他平时用的、心爱的一切，唯独没有带走我。

我把他剩下的东西打包在口袋里，丢在门外。

第二天早上出门的时候，我又突然间看见这个口袋。看见他拖鞋的一角露在袋子外面，可怜巴巴的样子。这拖鞋没有做错任何事情，我也没有。但是我们为什么都要被丢掉呢?我站在门口矗立了五分钟，然后把袋子拎回家，摆在卫生间的门背后。

我仍然在幻想，钟勇有天会回来。这一切只是我发梦而已。

我幻想他仍旧每天早上故意粗声粗气地对我吼一声：“喂，出门小心被车撞。”

我每天都在回忆，我和他之间的点点滴滴，回忆起他曾经告诉过我的一切。

钟勇十六岁就有了第一个女朋友，还上了三垒。他中学读的是沙市三中，仅次于我的市北一中。在他的铺垫下，差不多他们全学校有一半女生都喜欢他吧。他是一个恋爱高手，也是一个分手高手。

曾经有一次，我们离结婚这个话题很近很近。

我问钟勇：“你想过结婚吗?”自觉失言，又马上改口，“不不不，不是说你要和我结婚。我们现在只是平心而论，来讨论结婚这件事情本身。”

“你不是说，不以结婚为目的的恋爱都是耍流氓么?我又不是流氓。”

“你不是流氓的话那不是应该已经结婚七八次了啊？”

“都是别人玩弄我。我每次都想结婚的。”

“那这么说你十六岁就想结婚了？”

“当时我就觉得吧，我把一生都给了那个女人。”

我因此沉默不语。

钟勇立刻察觉了我的沉默。“后来我才知道，一生原来有那么长。”

那一生，到底是有多长呢？

CHAPTER 06

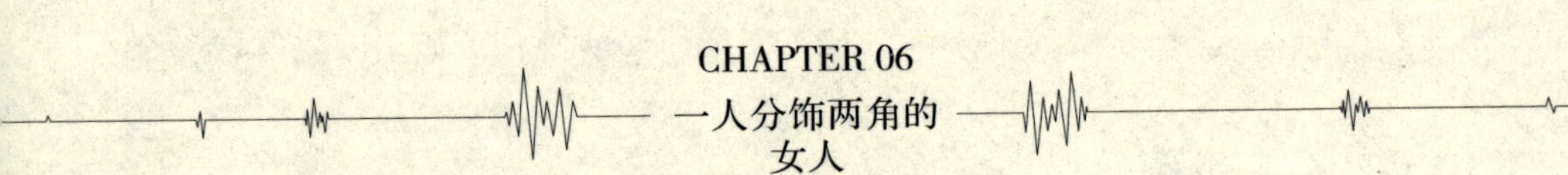

一人分饰两角的女人

尤溪给我打来电话的时候，我刚从被窝里醒来。一个男人的被窝。

自从和钟勇分手之后，这样的状况不小心发生了好几次。我也不知道是怎么回事。我好像总是在酒吧里喝得很醉，然后迷迷糊糊就和男人回了家。有一次是和调酒师，还有一次是和初次见面的网友。

他们的样子气味在第二天早上都让我极为反感，落荒而逃。调酒师事后还给我发了短信，约我下次见面，我也没敢回。我生活得像个行尸走肉。“再也没有男人是可以相信的了。”我如此向朋友们宣布。白天我把被窝一掀就起床，对学生们板着脸孔，就连刘家俊也不能讨我欢心。我罚佳佳和妮妮打扫全班级的卫生，差点儿和她们的家长打起了官司。

下班回家后我丢下背包，然后化着蹩脚的浓妆出门，我穿上我最好的那条黑裙子，在胸罩里夹了水袋，锦衣夜行。有时候我会突然在酒吧里号啕大哭，把周围的人给吓个半死。

其实只不过是因为有人在哼唱那首《千言万语》罢了。“不知道为了什么，忧愁它围绕着我……那天起，你对我说，你永远地爱着我，千言万语，如浮云掠过……”

那段日子，我做的唯一有人性的一件事就是卸妆。“女人是要资本的，还好这点你没忘，”听说我依旧会卸妆睡觉，尤溪对我稍显放心了些，“这说明你没有丧失基本的人性。”

但一想起钟勇我就痛苦得要死，恨不得拿粉笔往我的心上戳。

在我过得浑浑噩噩的日子里，尤溪的爸爸过世了。她爸爸过世之前，我去她家看过一次。那时候癌症已经扩散到了他的每一块骨头上，只要稍微说一点儿话就疼。但她爸爸慈爱地对我说了好多话，“你就是罗秋楠啊，一直听尤溪提起你来，从小也不见她带你回家来玩。我们家尤溪不懂事，你多照顾她一些。”

“叔叔你放心，从来都是我照顾她。”

听了我的话，她爸爸笑得特别开心。那天晚上，他吃了很多尤溪妈妈做的番茄武昌鱼。尤溪的妈妈很高兴，不停地说：“哎，老头子好久都没这么好胃口了。楠楠你以后要常来啊。”

我和尤溪相对无语，我们都知道，他爸爸可能就这样差不多了。

他爸爸回家停放的那个晚上。她妈妈在里屋睡着，尤溪在外屋和她爸爸说了一夜话。

她说：“朋友，你知道吗？我从天黑一直说到天亮，把我的每一个男人都说给了我爸爸听。”

“靠，你有没有和你爸爸说说我的事啊？让他保佑我找个富二代什么的？”

“没有，我只说了男人。”

“你爸爸一定被你烦死了吧。你男人那么多。”

“是啊，后来眼看着天要亮了，我越说越快，越说越快，生怕说不完了……但是不知道为什么我说到小胖的时候卡壳了。”

“那看来，他真的是你的最爱。”

“滚！那个男人太贱了。我前两天还查了他的淘宝记录，发现他买了两双假的匡威情侣鞋。幸好我和他分手了，哪个女人这么倒霉收了他的假匡威，都该把鞋子丢到他脸上去。两双加起来才六十元。”

“说不定人家喜欢得很。”

想到这有很大的可能，尤溪陷入了沉默之中。我可以想见那个夜晚，她和她的爸爸在一起，她究竟说了些什么内容。无非是那些男人来来往往，没个定性的，没来由扰了老人家的清净。那个小胖其实应该费最多的唇舌去讲他，可是尤溪一句都说不出来。

他们是在沙市流行的牡丹花交友网站上认识的。尤溪在那里挑男人只有两个标准。十五岁到四十五岁，身高一米八五以上。小胖刚好就在这个范围之内——据说牡丹花网站上，高个子的男人很吃香。

认识的第一天，小胖就和尤溪相约去了沙市的动物园，看狮子老虎和豹子。尤溪觉得这个约会很新奇，就像我们小时候会干的事情一样。一开始看见小胖浮肿的脸庞，她还对他不以为然，当做了浮云一片。但是等转完了猴山，给猴子丢了很多玉米粒，事情就不同了。

小胖就那样默不做声地坐在动物园的椅子上，拿出水果刀来，给尤溪削一个梨子。尤溪觉得有什么东西不一样了。

那个梨子不太好吃，有点儿涩嘴。但是尤溪一口一口把它吃完了。

在此起彼伏的动物鸣叫声中，她吃完了那个梨子，就此决定了自己的终生。当时动物园里有些腥臭的气味，衣服上出的微微的薄汗，她都一一记录在心里，不能抹去。她把梨核呈一个抛物线丢到了猴山里面，差点儿引来管理员的围追堵截。

但是有些东西密密麻麻地敲打着她的心脏。“一如我们一起去吃鸡肉卷的那天，有些东西安静了下来。”她对我说。

管理员追来了，小胖慌忙地收起背包，奔走在尤溪后面。他一米九的身高，步子迈得比尤溪更大一些，转眼间就抢在了她的前面。尤溪没有注意到这个细节，事后回忆起来，才发觉，一切早有注定。

“吃货，你就是个吃货。”我不加掩饰地批评她。

“可是，真的有好久，都没有人给我削梨了，小时候我爸常给我削，让我一定要一人吃完一整个，不然一家人会分离。长大以后，连他也不给我削了。一开始是没有，后来是不能够。”尤溪用她平时里那种很快的语速说完了这一段。

我觉得感情这种事，到头来还是很随性的。只是一个动作，一种气味而已，就有可能会影响一生。

尤溪和小胖大概谈了三个月恋爱就分手了，分手的导火线是因为房子。在沙市这种虽未高速发展，但也寸土寸金的地方，买房子是恋人们的心头大患。其实尤溪这些年自己做公关赚了不少黑钱，付首付绰绰有余，但是，当一个人开始斤斤计较时，另外一个人很难不拍马赶上，尤溪和小胖就是这样。

小胖去尤溪家见家长，带了五元钱一只的猕猴桃一箱。他对尤溪的妈妈说：“阿姨，这个猕猴桃很好的，连箱子都要卖五元钱。”

尤溪的妈妈第二天赶到超市里一看，箱子压根儿不要钱。

但钱还只是导火索。

喜欢翻看男人短信的尤溪，和小胖交往后不久，就发现他常常给一个开头为 189 的人发短信。发送报告他忘记删，短信倒是删得很及时。

虽然是朋友，但是尤溪和我最大的不同就是，她敢于撕破脸皮。

她对小胖说："这个 189 是男是女啊？"

"男的，是同事。"小胖面不改色心不跳。要是我的话，对话通常到这里就断了。但是尤溪的与众不同体现在，她会要求对方说：

"那你当着我的面，给这个 189 打个电话，我看看她是男人还是女人。"

小胖无话可说，但万万不肯打电话。

两人僵持了一刻钟之后，小胖终于妥协，"是女的。我怕你吃醋，才不敢告诉你。"

尤溪再一点点挤牙膏般地逼问，189 的真身露面，是小胖在牡丹花网站上认识的一个老女人。老女人比我们大五岁，据说没有稳定的工作。小胖说，自己只是想照顾她。"她一个外地人在沙市挺可怜的，还有个小孩，我就是偶尔发短信关心一下她。"

"是不是照顾着，照顾着，就照顾到床上去了？"

尤溪就是这么直接。

她的直接是用于生活的每一处的。有次她有个同事，是公关部长，邀请大家到他家去喝酒。尤溪突然一时兴起，问人家："你们那个界是不是也有 A 片……""是啊，叫 GV。"部长很老实地回答。在尤溪和阿一那个行业里，"那个界"是稀松平常，没什么不可以承认的事。

"那你拷点儿给我们看看啊。"

“我没带，硬盘都放在公司里的。”

“不可能，这么重要的东西，怎么会放在公司，我要翻你的包。”

“……”

尤溪果然从部长的包里翻出了硬盘，部长脸色铁青，她也没在意，反正喝多了嘛。这件事情也足以证明，她是个如何不到黄河心不死的女性。她这辈子总是在撞南墙。她很疼，但是南墙也很疼的……

从此以后，尤溪就和这个189杠上了。一向数学不好，脑子不好使的她，背下了这11位数的号码，亲自打电话过去。189脾气很好，耐心地向尤溪解释，她和小胖只是纯粹的朋友关系，但是尤溪一个字都不相信。

她对住在父母家的小胖盯得更紧了。

晚上10点，她给小胖打电话，问他在干什么，他说：“我要睡了。晚安。”

11点，她再打他手机，发现依旧开机，问他：“你在哪里？”

“我在家，处理一点儿文件。”

“我不相信，那你用家里的电话再给我的手机打……”

“……我在外面。我肚子饿了，到楼下吃点儿东西。”

“那你不要动，我马上打车来找你！”

“……”

尤溪就是喜欢这样，凡事都把话说到尽头，把人往绝路上逼。要是换做我和阿一，对方说10点要睡了，我们绝对想不要11点还要给他再打个电话的。正是因为如此的个性，才造就了我对钟勇的离去处于彻底被动的局面。

在第六次捉奸，小胖依然无法给她个满意的答案时，尤溪使出了她的绝招——告诉小胖的家长。小胖的家长都希望尤溪和小胖能早日完婚，重要的是，两个人早点儿买套房子。可尤溪就是不信邪。哪家的父母不是帮自己孩子，而是帮公理的？她始终不认这个道理。

当然这招还是很管用的。小胖不敢把189带回家，就是知道自己的父母绝对不会同意他和这个大五岁的外地女人在一起。当尤溪抖落了小胖的秘密，使他无法和189再继续下去的时候，小胖也毫不犹豫地抛弃了尤溪。

他不再接她的电话，只冷冷地回了个短信："我们也算了吧。我一个人落得清静。"

我和美环都一致分析，小胖是真的爱189，但是尤溪不相信。

她依旧给她未来的婆婆打电话，希望能挽回局面，谁知道，婆婆也翻脸不认人，"你们年轻人的事，我管不了那许多。"

从小胖家得不到任何的回应，尤溪出离了愤怒。她威胁她那已经失去的婆婆说，你们家儿子玩弄了我，要是你们不登门到我们家来道歉，我就把你儿子脚踏两只船的事情拿到他们厂里去说，要他身败名裂。

我和美环都一致同意，这绝对是80年代的台词。亏尤溪也好意思拿出来用。

"这只能证明，你的内心世界迂腐不堪。"我指责她。

没想到的是，小胖一家真的登门来道歉了。小胖在国企工作，特别注重人缘，他们是真的怕尤溪去厂里闹。只是小胖看尤溪的眼神，既屈辱又冷漠。正是这一招，她最终失去了他。

"其实，你还想着他对不对，你还指望着他登门道歉的时候，满怀诚意，请求你回到他身边？"我点破尤溪的小心思。

"哪有，怎么可能？你知道吗，有天他来我家看我爸，他什么也没带，蛋糕是我出钱买的，卤菜是我出钱买的，我们当时打车回家，我满手都拎着东西，就连打车费他都不掏，接过我的东西等我拿钱。我情何以堪啊！”

“你总在男人身上倒贴，能不能以后也在朋友身上倒贴一点儿呢？”

“哎，下次绝对不倒贴了，全都不倒贴。包括你们！”

“那你记得不记得，第一次我和小胖见面，是你请客吃水煮鱼。那次的饭费是一百零五元，你没有五元零钱，先丢了一百元出来，但就是那五元钱，他都没有掏出钱包帮你补贴一下，而是等着你又拿出一百元来给小姐找零。这一切早有预示。”

“那他还给那个189买了浪琴表呢，虽然也是假的，才一千多元，我查淘宝记录发现的。”

“所以说，一个男人要是爱你，再穷也会给你买礼物，这不是你说的吗？”

从小胖之后，尤溪有条不紊地进行着她的双面人生活，那灵感源自一部外国连续剧《应召女郎的秘密日记》，女主角有两个身份，一个用来会友和见家人，一个用来应召。尤溪也如法炮制，给自己搞了两个手机。

在起名字时，我建议她起个和本名不要差太远的，免得遇见熟人时被叫破。

于是她决定称呼自己为“希希小姐”，职业是“语文老师”。

对此我非常气愤，“你干吗用朋友我的职业呢？你一看就不是语文老师。语文老师不许穿露肩装好么？也没有系带的凉鞋——我可是一双也没有！”

“哎呀，语文老师比较容易赢得别人的好感嘛。”她用宣传小册子扇着风，一边在希希的手机上，储存好每一个男人的号码。有的是牡丹网上找的，有的是玫瑰网上找的，反正她的来源都是网络，不靠谱的网络。

有一次她还差点儿拿了别人的三千元，打电话里问我意见时，被我积极地呵斥住了：“贝拉（《应召女郎的秘密日记》主角）那是在英国。在沙市，那是犯法的！”

听到要进局子，纸老虎的尤溪立刻变身小乖猫，“我不要了我不要了。朋友你简直一身正气。”

“靠，我要是一身正气就去举报你了！注意安全啊！”

常常尤溪也会突然打来电话说：“我在星巴克，见了个新男人，还不错。他去给我买咖啡了。我待会儿考虑一下，如果是去四星级酒店就答应他……哎，我要挂了，免得他发现我这个手机。”然后自说自话地挂断电话，徒留我一个人莫名其妙地对着手机，一句话还没来得及说。

夜晚我正在家里努力准备第二天的教案（其实是在网上看片子和买东西）时，会收到一条没头没尾的短信，干脆直接，大意是：“碰到不行的。太倒霉了。”或者：“今天这个酒店不错，洗手液是名牌，我拿回来送你。”

她还邀请我前往 3P 过一次，被我强硬地拒绝了。拒绝的理由是，我听说 3P 的话，两个女人之间也有互动，“想起要和你互动，我觉得还挺不情愿的。”我直白地告诉她。

“那我也是。”

虽然尤溪从来不倒贴我，但我经常给她的希希小姐添加行头，不时送她一些学校门口地摊买来的化妆包、名片夹之类的，企图把希希打造成一个下城区女孩。

“不行不行，希希也是高级的语文老师，和你不一样的。”她极力阻止我。

“哼，我下次出去混的时候，就说我是公关，搞臭你的职业。”

“好啊好啊！我脸皮厚无所谓的。不像有些人为人师表。”

“好吧，那我们以后在玉林路吃小龙虾吃晚了，我不打车带你了。”我使出撒手锏。尤溪立刻服软了。在我的人生中，她几乎没在我身上花过什么钱，要是她工作上有什么方便的饭局，她能带人去蹭的，她倒是会毫不犹豫地带上我，但要是从她自己的钱包里拿出钱来，那简直就是不可能完成之任务。

我还记得自己对沙市路况不是很熟悉的时候，我和尤溪常常在半夜结伴去吃小龙虾，她每次都要求我打车把她送到高架欢庆路出口，离她家比较近，“你顺路的。”她总是对我说。这样的话，我打车回家，一般要花三十五元。

但有次我吃小龙虾没有叫她，和美环一起去吃的。饭后我独自打车回家，发现居然只要二十元，我气急败坏地把沙市地图铺满整个床面，这才发现，如果说高架在沙市是一个圆环的话，我本来只要坐三分之一环就能回家了，但是她每次其实是让我从反方向绕，才能到达她家的欢庆路出口。看起来都是圈圈，所以我没分清楚左小半圈，和右大半圈。

那是在我已经次次打车送她回家一年多以后。

尤溪也有大方的时候，那是对我们高中的班主任铁老师。铁老师年轻时是个帅哥，又晚婚，尤溪每次到学校来找我，都挑准铁老师在学校的时刻，慢慢就被我发觉了。后来她干脆转来我们班，成为了铁老师名正言顺的学生，日日可以望着他的面孔发呆，在每一节历史课上。

有天晚上，当我们在我姑姑家躺着谈心时，我们当时有过这样的对话。

尤溪问我："你现在有喜欢的人吗？真心喜欢的那种？"

我反问："你呢？"

她答："我有……是铁老师。"

2005 年的时候，铁老师结婚了，那时候我们都已经从中学里毕业了。铁老师给我和尤溪都发了喜帖，尤溪包了一个很大的红包，鼓鼓囊囊的，还不肯和我合。我怀疑她里面包的都是诅咒师母的条子或者废报纸。

在婚礼结束后，穿着紫色小礼服，背部很绷的尤溪突然问我："当年你是不是也喜欢铁老师啊？"

"是啊。"

"那你怎么不早说。"

"因为你先说了嘛。我就说不出口了。难道你说，你喜欢铁老师，我就答，好巧啊，我也是。这样吗？"

"那倒也是，是挺傻的。那你说，我们什么时候才能结上婚啊。"

"唉，你我命犯天煞孤星，注定孤独终老啊。"

然后我们就一路沉默着，打车回家了——依旧是我把她先送到欢庆路口。我又对她心慈手软了。

CHAPTER 07
不靠谱的男人

MSN 上冷不丁的一句，荒谬又很唐突。

“我想你了。”

“噢，你是？”

我总是默默无情地回答，把他的话茬直接秒杀掉。锦双，这个双子座的男生，其实我们还不是很熟悉，只是一些工作上的关系。这样的台词是他常用的，每次都让我好尴尬。要知道，在语文教学组，我们是七个老师共用一台电脑上网。他的出现害我时不时得手动删除聊天记录。

而且，一般情况下到了这种语言环境下，知趣的男性都会说“好吧，那不打扰你了”之类的。而他总说：“哦，不要隐藏你的心情，我的意思只是问你有没有想到我而已，你别胡思乱想，我可是很正经的男人。”

他总反过来把我又教育一通。

很是讨厌，可是他又有种不可抗拒的引力。

他的每句话都是一个我不知道的陷阱，永远都有他的托词。

也许你会觉得他还有下一句的时候，就突然消失了。

每次都是这样。

我觉得自己很讨厌他，可是又很期望和他聊天。我不知道我在想什么，矛盾也许就是我的理由。也可能是因为寂寞吧。美国作家理查德·耶茨说：“绝大多数人都生活在一种无法逃脱的孤独中，他们的悲剧也在于此。”

无论我还是尤溪或者阿一，当然都是这无可避免无法逃脱的大多数。

第一次对寂寞孤独这东西有记忆，还是很小的时候。我记得那时候我来沙市玩，住在姑妈家。姑妈和姑父心血来潮要带姐姐和我去动物园看新到的大熊猫。

他们把姐姐打扮成白雪公主，也把黑口黑面的我打扮成白雪公主，毫无偏颇。

那日我和他们一家三口坐着公车去了遥远的动物园。熊猫到底有多可爱我已经完全没有印象了。我只记得在回来的公车上，天色已经黑了。

公车上的人有点儿多，但好像又不是很多。

但总之我被挤在靠近后门的位置，拉住一根杆子。

姐姐一家三口站在我前方一米的地方，三个人欢乐地在谈论着什么。

姑姑回头对我说："楠楠，抓紧啊，站好。"

姐姐回头对我一笑。

但这些都很短暂，随即他们三个人都投入到了刚才的谈话中去了。那画面看上去很平凡，但是花好月圆。

我遥远地望着他们三个人，仿佛感觉自己越飘越远，不得不紧紧抓住公车的杆子。我仿佛被隔离在一个与他们近在咫尺又远在天边的地方。那一刻，突然有种奇异的感觉从头顶直灌而下，让我的眼皮一酸，内心有个巨大的空洞被慢慢侵蚀。

那一年，我似乎才十二岁。

那天晚上我就做了一个非常可怕的噩梦，梦里梦到我爸和我妈都变成了累累白骨。徒留我一个人在这人世间，哭得伤心欲绝。这噩梦直到今日还清晰可见。事后我哭着和我爸讲述了这个梦，他对我低声细语："楠楠，人生而孤独。"

我妈则不紧不慢地接上，"所以，赶快找个人嫁掉吧。别指望我们会陪你一辈子。"

我妈妈不知道，和钟勇在一起时，我也曾经重复过这个梦境，梦里我孤身一人，没有任何人喜欢我、爱我。那天醒来之后，我发现钟勇老老实实地躺在我身边，而且他的手在睡觉时也不曾放开，紧紧抓住我的。我当时就以为，这样就是一辈子了。

锦双是我刚刚当老师的时候认识的人。

那段时间没有具体的任课，我在学校就负责联系这些大学的教授之类的，来学校上课外辅导。锦双是沙市师范大学经济管理系里最年轻的一名老师。他每次在 MSN 和我说话总是深浅不一。

我们总用 MSN 联系。也打过几次电话，他的声音很好听。但是每次当我感到话题又在他的引导下往某个邪恶的方面滑下去的时候，都会冷静地制止他，表示："我还有事，我要去忙了。"

在锦双对我说"想我"之前，我们还一面都没有见过。

所以他在我的心中也有一个代号，叫做"不靠谱先生"。

课外辅导他自己一次也没来过，不过倒确实帮我联系了一些他们学校的老师过来上课。这事看起来靠谱，但我每次期望从那些老师那里听到一些关于锦双的消息，都未曾得到过只字片语。

有时候我甚至刻意摆脱我摩羯座的冷感，向那些老师主动提及，"替我谢谢介绍你们来的锦双老师啊。"

他们也只是轻描淡写地回答一声："好的。"

这无疑又给锦双更增加了神秘的光环。和锦双说话挺有意思的，我经常忍不住向他吐露我的感情经历。但他却经常表现得像个流氓。"你的头像挺好看的，是在哪里照的啊？"他总是和我扯些有的没的，我怀疑他已经三十多岁了，并且品位相当不好。因为看过我的照片之后，他该夸的地方不夸，竟然夸我的手长得好看，欣赏力果然不同。要知道来了沙市之后，我每年冬天都会长冻疮，一双手肿得像萝卜似的，就算是到了春天也许久不消。钟勇每次牵着我的手走在大街上时，都会忍不住恶狠狠地对我说："到了冬天要是你敢把你的手暴露在空气中不戴我送给你的手套，你就给我等着吧。"

他走了之后，每年冬天我就故意不带手套了。让一双手持续地烂掉。

和阿一专门吸引大叔不同，我从在市北一中时代起，就发现了我在蓝领中有特殊的魅力。卖鸡肉卷的中年男子每次总是给我包裹得扎扎实实的，放无比多的鸡肉，少量的蔬菜。我的那根总是旁逸斜出，要从包装袋里面爆出来。

给尤溪的就截然相反。每次包好鸡肉卷，她总是要抢我的那根吃。

“同样都是三块五，但是内涵太不一样了。”尤溪一边咂嘴一边感叹着。

那种地铁门口的野摩托车司机也特别喜欢我，他们不仅总是热情地走到我面前要搭载我，还常常伴随着挑逗性的言语，甚至对我说：“小妹妹，叔叔带你去兜风，不要钱。”

我在沙市有了房子之后，事情就更离谱了。

周末在家没有约会的时候，我通常会叫外卖回来吃。我喜欢吃24小时外送的汉堡，也喜欢吃豆浆油条或者是鸭脖子。周一晚上，正走在回家的路上，我手机响起来了，是陌生号码发过来的短信：“你在干吗？”

我生平最讨厌收到的四个字就是：“你在干吗”。毫无技术含量的泡妞开篇语。

我回：“关你何事。你是……”

“你猜。”这个无聊的人也够倒霉的，才说了两句话，恰好都是我最讨厌收到的短信内容。这种“我猜我猜我猜猜猜”的游戏，我高中时候就不玩了。

“没空，再不说，就不回你了。”

对方急了：“我不敢说，我怕我说了，你会投诉我。”

投诉？一看到这两个字，我的脑子清醒过来了，“该不会是……”

“你还记得你昨天叫了外卖哇……”

果然，是外卖小弟！我的心简直拔凉拔凉的。是因为我在家穿得太邋遢，所以他觉得我很好泡吗？被蓝领搭讪，到底是值得炫耀还是徒增伤心？这绝对是个值得拿出来讨论的社会命题。

“不好意思，我昨天叫过豆浆，叫过鸭脖子，有两家，记不清楚了。”

“我是送豆浆的。”

豆浆小弟……我彻底崩溃。这也算是我蓝领桃花的巅峰吧。豆浆小弟对我不离不弃，比我的任何一任男友都勇敢、直率，我从此以后再也不敢叫他们家的豆浆来喝、客饭来吃。他还常常发短信问我：“最近怎么不叫我们家的食物了啊？我都不能借机来看你。”语气幽怨。

我吓得几乎想搬家了。其实他们家的客饭还是挺好吃的，我至今怀念。

当阿一说自己专杀大叔时，我可没敢把我在蓝领中的影响力透露半句。尤溪总是忌妒地对我说：“你应该把你的照片放大，拿到火车站门口去卖，那儿都是民工，你肯定抢手。唉，这些民工太没水准了，竟然不喜欢我这样的大胸女。你就是看着肉感一点儿而已吧，他们不知道，你其实是平胸！平胸！”

所以锦双对我这么有兴趣，我怀疑他作为大学老师的品位。我畅想过不下十次他的样子，有留着络腮胡的粗犷样的，有瘦不拉唧的性无能样的，但见到他真人，却完全出乎意料。

那天尤溪做完了一个时尚秀，到学校来找我吃晚饭。她连我们学校食堂都不放过，能省则省。刚从时尚秀下来，她涂着血盆大口，穿着黑色裙子，挎着她那颇为惹眼的 PRADA 包包，踩着高跟鞋一扭一扭来找我。那只价值近两万元的包包用了一整只小鹿的皮做成，每次我都会抚摸着她的包包说：“小鹿啊小鹿，你真可怜，本来好好的在森林里玩，结果现在惨死在这里。”一边抚摸我还暗自在包上划下一些指甲印。尤溪才不管这些，“朋友，你说过了，要是突然地震了，没有东西吃，就到我家来煮我的包包吃。这只包够我们吃好几天的呢，你不要责备它。要是人人都像你一样买帆布包，那么地震那天我们不是要饿死了才怪。”

尤溪的地理成绩很差，她完全不知道沙市根本不在地震带附近。但 2012 也难说，所以后来我都保持沉默了。

看着尤溪又背着这个不环保的小鹿包大摇大摆地向我走过来，我想把脸捂起来，假装自己不认识她，但是她的嗓门比谁都大，“哎呀，我们今天不用吃食堂啊，真是太好了！”

这一天恰好有几个大学的老师过来，段主任让我作陪。听说尤溪要来，又叫我叫上尤溪。尤溪别的本事不行，来事儿还可以。她一直都把段老师哄得很开心，这样她就可以自由出入我们学校。我心里却很烦乱，不知道锦双会不会来吃这顿饭，好歹他也是两边的重要联系人。

我和尤溪向学校的 VIP 餐厅走去。

“喂，大婶，你东西掉了。”一个模样干净的学生追上我们。

“罗秋楠，你们学校的学生竟然叫你大婶，哈哈哈。”尤溪爆发出强烈的笑声。

“不，他是在叫你。”我冷冷地说着，“他捡到了你的胸卡，估计是刚才发布会的吧，你看上面还有你的照片和名字。”

“什么？这些学生太不像话了！”尤溪一把拿过胸卡，恶狠狠地盯着那个学生看。

那学生很有礼貌地冲我微微一笑，转身就走。我记不起他是哪个班的了，他没有穿校服。可能又是某个高官的儿子吧，特殊对待。

往 VIP 餐厅走去，才发现，那个学生一直在我们前面走，目的地也是那里。

到了门口，他突然转身，“罗老师你好，我是锦双。没想到，今天这样子见到你，失礼失礼。”

“锦双？”我大吃一惊。

尤溪看看锦双，又看看我，“怎么，这个死小孩是你学生？”

“大婶，你不说话会死吗？虽然你很老，但是我也不小……你懂的。我听段老师说，今天有个蹭饭的人过来，我想应该就是你吧。”他毫不客气地对尤溪回嘴，在气场上完全没有输给尤溪。尽管他看上去，好像没有尤溪高。

整个饭局中，我都呆若木鸡，时不时望着锦双。不敢相信自己的眼睛。

“罗老师，没想到吧。锦双老师如此年轻有为。”

“哪里哪里，只是长了张娃娃脸而已。顶着这张脸，到哪里办事，都给人一种乳臭未干的感觉，很不方便哪。”锦双笑了。

尤溪小声在我身边嘀咕（其实全桌人都听得见）：“罗秋楠，你们说这个小屁孩是大学老师，博导？打死我都不相信。”

锦双狠狠地扫她一眼，“博导是误传……也就是个虚名罢了。”锦双对我笑笑。

我却暗自觉得很好笑，自己竟然对着个小孩子哭诉了那么久，还和小孩调情。锦双是少年大学生，十六岁就读了大学。再加上本来就长着一张娃娃脸，就更显得年轻。他还偏偏就喜欢年纪大一点儿的女生。有次他去酒吧找女孩子，还未走近，对方就冲他摆手，“走开走开，我都比你大一轮了，阿姨没空和你玩。”

那之后，他就习惯在任何看不到他真身的地方装深沉，比如网络，比如电话里。他得不厌其烦地向别人解释：我早就工作了。他使他的声音尽量粗一点儿，才好和成年人拉近距离。

“我觉得，他长得有点儿像阿牛，是不是？唱《对面的女孩看过来》的那个，看起来像个发育未成熟的孩子。”尤溪显然把锦双当做了笑料，我也没兴趣和他再谈什么心，这种差异性的姐弟恋，不谈也罢。

我对锦双迅速降温。“先聊天再见面的那种认识方法果然都不靠谱……太不靠谱了……怪不得别人说，网恋都要先马上见面，看了感觉对了，再花时间聊下去。”

“你这算什么。有次我们公司有个女公关，给我介绍了个相亲对象。她平时看起来品位还可以啊，她老公就挺帅的。我也就放心让她介绍，网上聊天的时候，也没要对方照片。结果，对方确实有一米九的身高，但是长得……像高大版的范伟！从那之后，我对于这种人，都只开门见山：先发张照片来看看。”

但没料到，尤溪去沙市最热闹的夜店夜蒲时，却独自遇到了锦双。

他们俩的朋友互相有交集，他们却彼此不理睬。

尤溪喝到下半夜，酒吧都快要散场，人都走光了。她醉醺醺地步出大门，醉醺醺地拦着出租车，却发现一辆车子都不肯载她这个醉鬼。这时，锦双像个英雄般地出现，缓缓把车子停靠在尤溪的面前，好心送她回家。

“关键是，他开的是雷克萨斯。所以，我就趁着酒劲，扑上去了……他个子小，力气却不小……”尤溪发出了一声浪荡的笑声。

“行了行了，你就得意吧。”

但是我心里还是有点儿失落的。亏得锦双之前还一个劲儿说“想我”，没想到这么快就移情别恋。

锦双总是一有空想起来就给尤溪打电话。不管她是在和我们吃饭聊天，还是在洗澡，想起来两人就糊里糊涂地聊上一个多小时。尤溪有好几次都不得不从发布会现场跑出来才能接他的电话。“你干吗不接我电话啊？”他动不动就质问她。

但是尤溪给他打电话，却总是找不到人，或者是遇到他心情不好，胡乱说几句就直接挂断。总之，一切的节奏掌握在锦双的手里。

锦双给尤溪的电话内容通常都不怎么甜蜜，通常是我听过的。无非就是他如何靠着聪明才智，少年时代就当上了大学生，在学校里又如何受欢迎，以及他远在上海的家族有多么地显赫。“我太爷爷，那是在清朝里都当着大官的，我妈随手拿下来一块玉镯子，都值许多钱。”这些历史材料，都把尤溪听得一愣一愣的，似乎对锦双崇拜得五体投地。

但是转眼间他又会抱怨，尤溪上次带他去吃的餐厅，有多么难吃多么贵，其实也就是家一百来块左右的餐厅而已。我觉得锦双的出现、他的长相以及他的说话方式和他选择了尤溪的这个选择，处处都流露着不靠谱的信号，但是尤溪竟然一点儿都没有察觉。

“我想到个主意，很赚钱的……我听我妈说他们那边有个亲戚，在乡下手里还有地，我想着把这地买过来开发，怎么也能赚个几百万，赚到钱就给你买个 MINI 开。”尤溪被这些承诺逗得心花怒放。

我都不敢告诉她，这些话我以前都听他说过。

那辆雷克萨斯事后证明，也不是他的。是他说认识修车的，能便宜点儿，所以开着他们学校校长的车，帮他去修一个小小的毛病。一开始他还只是推说，那辆车坏了所以现在他自己不开了，直到有一天连段老师都看不下去了。我觉得说不定段老师内心深处是有点儿喜欢尤溪的。“那个尤溪，是在和锦双谈恋爱？这小子的事，他们学校的人都弄不清楚，所以大家和他走动也不多。但是看在他有时候还挺能干的，学校也用他。你叫尤溪不要这么草率啊……虽然她年纪不小了，不小了啊。”

使尤溪对锦双提高警惕，是在锦双见到了美环之后。尤溪为了方便之后她和锦双的约会，竟然强行把我们的姐妹聚会定在锦双的学校周边。锦双看到美环之后，就走不动路了，连连说：“要不我们别去看电影了，就在这里陪姐姐们说会儿话吧。”就赖在美环身边坐下，直到美环故意叫来了陈启发。

第二天，美环冲着我尖叫：“你们谁把我的电话给了这个男人的，他半夜给我发短信，说什么他的家族史，有没有搞错！陈启发都怀疑我有外遇了。我要是真有外遇被他怀疑也就算了……这是没偷到鸡倒把自己家的鸡给卖了。”

那之后，锦双和尤溪还维持了一段时间的关系。后来他终于悄无声息地辞职走人，据说是回上海了，接管家族生意，但是我们都不相信。我想起他说起那话的样子，“我们家族以前在上海，老有名望的……”

锦双走后，他们学校有好几个女老师都去校长那里哭诉，说锦双答应了要和她们结婚。要是我，遇到这种事，自己忍气吞声也就算了，哪里还会拿到学校里去说。但是被锦双看上的姑娘，都不是一般货色……据说其中有一个，还追到了上海。然后红肿着两只眼睛回来，说锦双所谓的家族企业，就是在那边开了个生煎店，卖生煎包子。

我们都安慰尤溪，失去这棵烂苗，她还有好大一片森林。只见尤溪憋了好久，终于说出了口：“哎，他走了倒是无所谓，但是他借了我两万元还没还呢。他说……他懂玉石，他们家就是做这个的，就是没有启动资金……他看中了一块别人手上的老玉，差四万元买不下来。问我有没有。幸好我没有都借，留了个心眼，只借了两万元……他说，老玉卖钱了，就给我买房子的……”

尤溪这个赔钱货。我扭着她的胳膊说：“上次我让你给我买件TEE才一百多元用来安抚我失恋的，你都不肯，现在这样就两万元撒出去了。你你你，你说吧！该怎么办？”

“所以啊，以后我要更节省了，得把两万元省回来了。朋友，只有在你身上省了，往后这十年，我都不送你生日礼物了，谁叫你把锦双介绍给我的呢。”说着说着，尤溪号啕大哭了起来，我知道她心里还是受伤了，她的男人、房子和车子都没了，统统都没有了。曾经有一刻，她肯定以为自己就要当上教授夫人了。

“好好好，十年你都不用送我生日礼物了。”我拍着她的背，如此安慰着她。

如此安慰着看起来很聪明，实际上还是愿意去相信男人的尤溪。如此安慰着看起来神经大条，实则总是受伤很重的她。毕竟她是我的朋友。

CHAPTER 08
别的国家的女人

尤溪的阿姨约尤溪在沙市著名的旋转餐厅吃饭，尤溪带上了我前往，还特意叮嘱："着装暴露一点儿，那边的客群不错，说不定会遇见上档次的男人。"我笑她，"客群，这个词你用得还挺专业的。"

她果然非常婀娜地穿着一身豹纹单肩连衣裙来了，看见我精心搭配的水洗牛仔布宽西装和绿色短裤，不禁大声嚷道："朋友，你怎么又穿得这么邋遢？"一瞬间就把我的功力叫破。有时候她的大嗓门不得不使我对她恶言相向，说出些掏心窝的刻薄话："没有品位请不要乱叫……你以为你的大面积豹纹很上流社会？我看你还是奔腾在非洲草原比较合适。"

尤溪倒也不生气。曾经有一万个人问过我，这其中包括美环。"罗秋楠，你为什么要自甘堕落和尤溪做朋友？"在他们的眼中，尤溪神经大条、没心没肺、拜金、爱财如命，无论是哪一条都无法同脾气和气的我 match 到。我只好面带微笑地回答："诚然，她的确又拜金又无药可救，但好在无论我是当面这么说还是背后这么说，她都绝对不会生气并且欣然承认。每个人有自己的选择，只要她够真实。"美环她不知道，其实我每次和尤溪一起花钱都非常爽，不像和她在一起总是那么实在。

尤溪的小姨优雅地跷着腿，坐在旋转餐厅的沙发座上。我一眼就看到她的指甲是最近流行的香槟色加黑色。她总是那么深情款款、那么优雅有理地望着每一个不太熟悉的人，只有面对我和尤溪，她才露出真面目。我很喜欢她，她只比我们大一个本命年，气质洒脱，很像张艾嘉。

她的秘书程小妹也在。程小妹是我们对她的昵称，其实她比我和尤溪都大，已经接近三十岁。但由于在她三十多年的人生里，从未和男人回家、开房、回男人家、回自己家……所以至今还是"另一个国家的人"。尤溪每次见她的例行问句就是："请问你还在你们国家徘徊么？"而无论春夏秋冬，程小妹的回答都是一致的："是的。我还没机会出国旅游……"引得我和尤溪哈哈大笑。

小姨说程小妹之所以能保持年轻的体态，也正是由于她没有"出国"。"一个女人的身体还是完好无损、从未漏气……这就是童子功。"每当这时，我都丝毫不怀疑，她和尤溪确实是如假包换的亲戚，说话大胆、一脉相承。

程小妹和我一见如故，是因为聊到了超级市场。我总是和女人一见如故，这未免有些悲剧。我和男人们总是必须翻越外貌的围墙，才能到达深不可测的心房。当然，有时候是我翻越他们的，有时候是他们嫌我不好看。

尤溪喜欢他们家门口的天天超市，是因为那里廉价，总是可以买到买六送六的冰啤酒，够她在家里吃鸭脖看网球比赛度过一整个晚上。我喜欢卖好吃的关东煮、热乎乎的奶茶的明治超市，美环却总嫌弃这家华而不实。很显然，从未空窗过的她总是为家里的经济命脉着想。

程小妹、阿一还有我，都钟情于明治超市。明治超市有陈列整齐的金枪鱼三明治、蓝莓酸奶、自制软面包。心情不好的时候，我一个人可以吃两个金枪鱼三明治，再灌下去一整杯奶茶。它简直就是我心中的圣殿。

程小妹对它唯一不满的就是听说它是宅男宅女的最爱。有一次她戴着框架眼镜、趿着拖鞋去那里买贡丸和大肉粽以及茶叶蛋时，阿姨在结账时默默递给了她一盘新出的游戏试玩光碟。“这种光碟一看就是游戏公司要求超市阿姨送给宅女宅男们玩的……难道我已经沦为宅女了？”她托着腮抱怨道。

小姨请三个怨妇吃饭，自然高居精神导师的地位，“你们这些剩女，就是因为太挑剔，所以总是剩下来。”小姨有着典范而成功的人生，她嫁的第一任老公现在在德国，和他们的儿子一起。现任老公是生意人，每月给她两万元零花钱。

程小妹学历颇高，来自我们国家最高学府，因此在大学期间曾经有数次机会摆脱现如今的这个身份，因为她专杀“清华男”和“金牛男”。但她是个标准的外貌控，又喜欢大气买单的男人，这两者通常都很难同时满足她的这两项基本要求。程小妹人生中唯一的一次开房机会是在上一轮的世界杯期间，她总算找到了个还算情投意合的男朋友，两个人相携去宾馆。结果那天晚上球迷霸占了宾馆，人人都开房喝啤酒看比赛，他们走了三个街区都没有找到一个空房间。男方又是和父母合住，程小妹也有室友，那之后这段爱情就走了下坡路，很快程小妹就发现对方劈腿。从此之后，她就对足球产生了仇视情绪。这是她唯一不够理智的地方。

和尤溪不同，我和程小妹总是有机会进行更高层次的对话，例如国计民生、科技发展等，这些话题尤溪完全插不上嘴，只能在一旁抽烟和用 iPhone 上网。

但我和程小妹其实也聊男人和爱情，但是我们并不直接谈论这个，往往是从新社会女性之孤独谈起。

空窗的日子里，尤溪的人生态度是“得闲炒饭”——这是许鞍华新电影的名字，“炒饭”是台湾俚语——轻松随意得仿佛抽个空就可以去开房了。我虽然也过上了一段空窗不空床的日子，但很快就对这种麻烦的玩意儿生厌了。我的脸上迅速地冒出了许多生理痘，我开始对孤独这件事情产生无与伦比的焦虑。

我甚至怀疑自己一定会孤独终老——死在一个老旧的公寓里，靠着养老金过完最后的日子。两三个星期都没有一个人和我讲话，死了三天邻居才因为尸体的臭味发现我。那时我的冰箱里只有一些速冻饺子，还是买一送一的那种。

“你讨厌去大型超市吗？”程小妹问我。

“谈恋爱时我从不讨厌，我最喜欢和男人一起推着车，我们的手靠在一起。但是单身时就相当讨厌，因为我拿不了那么多东西。我只能背双肩包去，一手再拎一个，一次尽可能拿更多的东西回去，省得下次还要来。我甚至有次在里面遇到过我前男友和他怀孕的老婆……唉，不提了不提了。”

走在大型超市，热热闹闹的大型超市里，我无端端地就会有种孤独感。被遗弃在世界尽头，一个人买猫粮、买牛奶，一个人付钱，只有收银员会和我搭腔。

尤溪的小姨待我们去拿了各种生鱼片、起司蛋糕、糖醋排骨堆满了盘子之后，先是照例嘲笑了我和尤溪的友谊，“你们两个鸡肉卷朋友，不觉得互相称彼此为‘朋友’而不直呼其名很土么？我感觉就和沙市的廉价路假货市场里店家一样，他们总是用蹩脚的英语招呼老外‘Friend，到我们这里来看看，有包包、手表’，太不洋气了。这样下去怎么找到好男人啊？”

她摇了摇头，她的碟子里只有一些虾和色拉。小姨年近五十，身材依旧窈窕得像个少女，果然是付出了代价的。

我们默不做声，实则大口吃着碟子里的食物。每次吃自助餐，我们都追求扶墙而出。

“另外，还有件小事……我，又结婚了。”

“咣当”，青口贝的壳同时从我和尤溪的嘴巴里掉下来，我们目瞪口呆地望着小姨。早已知情的程小妹在一旁头也不抬继续进攻食物。

“小姨，是不是你把我们家族这辈子的桃花都用完了，我才没男人啊？”尤溪哭丧着脸，“你怎么又换新男人了，速度太快了！这次是什么人？”

“我还没告诉你妈，她肯定又要骂我了。其实你爸走了之后，我给她物色了好多她都不要，真是脑子不开化。你帮我想想，我怎么和她说比较好。我这辈子什么都不怕，就怕这个姐姐，谁叫我们爸妈死得早，她从小把我带大呢。”

“你怎么给我妈物色，都不给我物色啊？”

“我的货源都是老头，不适合你。再说了，你那些光荣事迹我又不是不知道，我找警察朋友把你的身份证登记记录一拉，沙市那些宾馆哪个你没去过啊？我年轻的时候也没像你这样啊。我估计你都能出一套宾馆地图手册了，还是手绘的。”

我和程小妹同时在旁边大笑开怀，对了下眼神。这一对亲戚，还真是活体笑话库。

尤溪小姨的大款老公老是不在家，光是每月发两万元了事。小姨一气之下就给自己买了辆野性难驯的“牧马人”，还加入了沙市的牧马人车会。据说牧马人车会里全是一等一的好汉子，徐娘半老风韵犹存的小姨在其中娇艳得像一朵花，很快就和一位三十八岁的肌肉男惺惺相惜。肌肉男是开健身会所的，青年时代就听说过小姨在江湖上的诨名“花嫂”——那是因为小姨经营花鸟市场有方，加之艳名四播。他立刻对小姨五体投地，展开了猛烈的追求。小姨当初也是不愿意抛弃现世安稳的生活只追求一段浪漫，但是有天深夜当她的“牧马人”抛锚在了高速公路上，拖车迟迟不到，自己的丈夫在外地完全帮不上忙时，肌肉男正好打来了每夜慰问电话，并且以时速超过160迈赶到现场，一把就俘获了小姨那已经快五十岁的心脏。

“三十八岁，和我好也合适啊。”尤溪抱怨道。

小姨甜蜜地敲了一下她的头，“以后你得叫他小姨夫。你要是表现得好，帮我搞定你妈，我让小姨夫介绍点儿他的朋友给你们认识。”

尤溪和我立刻点头如捣蒜，只有程小妹懒散地打了个哈欠。那个时候，我觉得，可能五十岁的是程小妹，三十岁的是尤溪的小姨才对。

但很多事情是说不得的。比如说我以为程小妹就要这样单下去了，以为她就要这样玩玩猫（她家也有一只猫，不过比融咪逊色多了。我暗自认为，尚未告诉她。孤独终老的女人总有一只猫作为配件）、打打电话、上上网，度过余生。反正她也不知道恋爱和炒饭究竟是什么味道，不会食髓知味，也没那么难受。但没料到程小妹有天穿了件桃红色的裙子，我们在街心花园旁边的面包店碰见。她正在里面买小羊角，我则心心念念这家的海苔肉松面包……在学校里看几个学生吃过，我就对它心生向往。

程小妹看起来心情很靓，以前她都穿麻布长裙、奇怪的衬衣，看上去像个死文艺青年一样，而不是文艺女青年。现在陷在一身桃红色里的她，看上去很女人。

“怎么？你不会是已经来到我们国家了吧？”我直逼主题，反正周围的人也听不懂我们的暗号。

“哈哈，我觉得快了。”

“说来听听。”

我和程小妹找了个咖啡店坐下。她告诉我事情的原委。原来，这个大好青年叫做张晓波，今年二十八岁，也是程小妹那个国家的人。他是个电气工程师，简称电工，是程小妹大学好姐妹李敏的老公的同事。张晓波交过三任女友，其中有护士，有餐饮业的，有售楼小姐，总体以服务业为主。但是三任女友都伤了他的心，离他而去。小护士尤其让张晓波纯真的心灵蒙上了阴影。本来都谈上了，突然说自己要借调到外地医院去，就此和张晓波告吹。在那之前，张晓波只牵到过她的手。

李敏觉得他和程小妹配极了，立刻就把红线给牵了起来。一打听之下，张晓波清华毕业，金牛座……程小妹一口鲜血差点儿吐在饭桌上。但是她没有像以前那样对他进行百般刁难，因为张晓波长得还不错。

“他邀请我今晚去他家，他自己单独住的，离他妈妈家不远。”程小妹娇羞地向我透露。我连连鼓掌，“哎呀，要是成功了，你可要第一个发短信告诉我。跟你说，有天晚上，我做了个梦，梦到你已经来到我们国家了，但是死活都不告诉我和尤溪，我就一直在梦里和你生气。”

“好啦，答应你了，一定告诉你，我还有些问题要向你请教呢。”程小妹说着伏在我耳边。我一时脸红心跳，只好对她说：“你这些都是夜间的技术问题，你得打电话问尤溪，她比较在行。”

“少来，谁不知道你也是集邮女啊！打着老师的假面，其实最好行事了。”

“唉，被你看穿了。不过我们那不叫集邮，因为集邮都是在同一个领域的，而我的都是不同领域的。哈哈哈。”

程小妹打了一记我的头，“正经的你不说。”

其实在这个谈话过程中，我隐隐觉得事情有个地方不太对，直到程小妹起身走人，我才发现是哪里：她在自己的桃红色连衣裙下，配了双夹脚拖鞋，就是她以前穿短裤时最爱穿的那双，也是陪伴着她去超市、逛街的方便拖鞋。她的本质还是没有变：还是一个只图方便和舒服的宅女。

我预感到她晚上不顺利，但是我不敢说。

第二天早上，我没有收到程小妹的邀功短信，又不敢贸然打给她，只好把故事和尤溪分享了下。尤溪立刻心里不平衡了，“哎呀，希希小姐都好久没出动了，看来我今晚要好好打扮一下了。不过我看程小妹的那样子，不行啊。她搞不定男人。两个人都是第一次，搞什么搞啊。”

事实上，不是程小妹搞不定男人，是男人没有搞定她。因为她很怕疼……男人心很软，于是到处都软。阿一听说了程小妹的故事后，拍案而起，说了一句经典的：“靠，这种事情，靠的还不是男人在关键时候要连哄带骗、刚柔并济啊！”我们都被他这八字成语给震到了，连连鼓掌。我顺便弱弱地问了一句：“所以第一次你也怕疼？你也是被刚柔并济、连哄带骗了？”

“那当然啊，老子比她疼一百倍好不好。”他雄赳赳气昂昂地离去了。

尤溪给程小妹出了不少主意，比如用润滑剂（但是她推荐的是清凉型），比如放一些音乐，脑子里想着陈冠希之类的馊主意……但是这些对于毕业于最高等学府的程小妹来说，都不切要害。

“我听说我们班里的学生都不怕疼……现在的小孩都管不了啊……告诉家长也没用……家长只怕自己的孩子吃亏，其他都好说。”我忧伤地插了一句，“你看，你连我们班的学生都不如了。”

“那一个晚上我也没闲着好不好，我的手都快断了……”程小妹委屈地抱怨道，“现在我知道为什么李晓波前几任女友都想各种办法离开了他，他实在是个柔软的男人啊。”

张晓波确实柔软，他下不了狠心弄痛程小妹。

每次约会前，都会问她：“今天你想吃什么啊？我不知道去哪里好啊。”他甚至和他妈妈合用一个淘宝账号，并且很快就把和程小妹的约会细节抖落给他妈妈听。“我妈妈说你比我大，这倒没关系的，就是你不是沙市的人，比较讨厌。但是你户口转到这边就没关系了呀。”他不知死活地把他妈的原话告诉了程小妹。

程小妹勃然大怒。

但是到了夜晚，她又乖巧地把自己送到张晓波家里去，任其蹂躏。事后她对我们说：“我觉得自己要三十岁了，不能再这样下去了，一定得走出第一步……其实走出了这一步，我就可以海阔天空了……但是张晓波实在太不成器了。我们一起洗澡，一起吃早餐，一起拥抱着起来，就是总是不能突破最后的关卡。有好几次我都对他说：‘不要管我，你该怎么样就怎么样……’但是他就是不敢。男人到了这个年纪，依旧和我是一个国家的，总归是有些问题的。生活和他的妈妈已经把他磨炼得胆小怯懦，而生活则把我磨炼得更有棱角，已经无法去耐心地好好地适应另外一个人了。”

程小妹很快换下了那身桃红色的衣服，穿回了自己喜欢的麻布裙子，甚至还戴起了框架眼镜。这一身和她最爱的夹脚拖鞋非常搭配。张晓波在她家楼下站了一个小时，请求她不要和他分手。他脸上青筋暴露，摇着程小妹家的铁门，那一刻，程小妹觉得他还挺男人的。

但是摇了一个多小时之后，看见事情没什么希望。他立刻又变回那个有礼貌的好好先生，和程小妹说再见，“是我对不起你。”张晓波演着悲情的戏码离去，孤独地走在夜色里飘着雨的沙市街道上。

程小妹说：“我只希望自己的故事不要出现在小护士、售楼小姐之后，成为他的另一出悲情戏码。一个传说中的女人……”

“光讲是挺悲情的，因为不能满足女友而惨被抛弃的男友，妈妈的乖儿子，社会的好员工……果然每个被抛弃的故事里，都是有原委可供挖掘的啊。”我感叹道，“不过，你也要好好检讨下你自己。每次我羡慕别人又恋爱的时候，你都用一种方式安慰我说：‘她男朋友那样子，给你你都不会要。’但好像这样的逻辑不太对，至少人家在往前走，对吧。”

程小妹点点头，认同我的话，“我就是缺乏开张的勇气和运气。”

那之后我每次去找她，她都在家里玩猫，对我露出一口好看的牙齿，“罗秋楠，要是老了以后，我还是一个人，你也是一个人的话，你要陪我去吃自助餐，我们一起扶墙而出啊。”

我点点头，“如果我的胃那时还没有被我吃坏掉的话，一定。”

几个月以后，我们一起参加了小姨的婚礼。他们的婚礼非常简单，唯一奢侈的是动用了他们车会整整二十辆“牧马人”，绕着沙市最热闹的地方兜了一圈。

我们在婚礼现场见到了肌肉男，小姨之前一直把他保护得很隐密。令人忌妒的是，肌肉男竟然是个超级帅哥，并且他的眼里只有尤溪的小姨。他无时无刻不含情脉脉地望着小姨，他把小姨高举过头顶。两个人都穿着简便的衣服，小姨看着越发年轻了。

而我们越发老了。

只有尤溪的妈妈在角落里暗自垂泪。这个妹妹，她从小到大都不明白她在想什么。

婚礼的第二天，小姨找我们吃饭。席间，她语重心长地拍着尤溪的手说：“你不要以为，小姨的幸福是空手套白狼。你的第一任小姨夫，就是现在在德国的查理，我年轻时对他可死心塌地了。没想到他却出轨了，我们就离婚了。离了婚之后，为了孩子，我们也想过复合。有一天晚上，我甚至搬回去住了。没想到，那天半夜，家里响起了电话声，是他们医院的小护士找他，他说了几句就把电话挂了，我一听就不对劲。他说他们只是普通朋友。后来电话又响了一遍。他没接，我们就睡下了。我心里好忐忑。过了五分钟，家里门铃竟然响了，我的心一下子就凉了，真是熟门熟路找上门来了。我对他说，肯定是小护士吧。他说不会，就慌慌张张地跑出去看。结果过一会儿回到卧室，他对我说了句终生难忘的话，他说：‘你在里面，不要出声。我去开门，把她送回去就回来，你在家里等我。’我是他的太太啊，他竟然叫我不要出声。我点点头答应了。他就出去找个理由把她送回家了。当时我也想冲出去和她面对面的，但是转念一想，我为什么要出去看一个比我年轻的女人站在我家门口？我不要自取其辱。等他们走了之后，我就收拾了东西，最后再看了那个家一眼，发誓再也不回去。如今这事已经过了二十年了，我真的没有回去过。但是这件事，我一天都没有忘记过。”

“你说我找了现在这个，我心里不惶恐，不担心么？我早就不害怕了。最坏的结果，不也就是一个人孤独终老吗？所以你们不要因为害怕孤独终老，就随便地过自己的人生，随便找个人在一起。得跟着自己的感觉走，我都一把年纪的人了，都能遇得着，你们还遇不上么？一会儿他就要来接我了，我们要去外国度蜜月了。你们几个好自为之，希望能早日听到你们的喜讯。”

“对了，还有件事，”小姨的神色比先前凝重了许多，“尤溪，回家和你妈说，不要到处和别人讲我已经五十岁了，对外我都说四十八岁的。”她穿着红色的细高跟，一扭一扭地离去，我觉得她非常美丽。

CHAPTER 09
时有脱线的女人

阿一气急败坏地赶到这家冰店的时候，我和尤溪已经吃得差不多了。尤溪比之前胖了一圈，我也不甘示弱地胖了两圈，学生们都私底下叫我“罗包子”。我恶狠狠地想，到了冬天老子食欲不振，老子就瘦了。

阿一给自己点了一杯完全没有热量的柠檬水。丝毫不肯吃掉我们剩下的烤起司榴莲，他满脸怨气，“我们报社新来了个实习生，好脱线啊。”

那个女生叫小小，是典型的沙市女生。“我从青岛回来，给大家带了鱼片吃，每个人都说好吃。她也说好吃，但是你们猜她说的是什么？她说，真好吃啊，有股鞋垫的味道！”

“哈哈哈哈……”我和尤溪爆发出大笑，几乎把店里的客人们都惊走。

“今天更绝了，我带她去采访桂纶镁，一不留神没抓住她，她就蹿到人家面前去，问：‘你为什么没有带假睫毛？’”

“哈哈哈哈哈……”

“这还不算什么，我让她帮我准备几个采访巩俐的问题，多大牌啊。你猜她准备的什么？第一个问题是：现在出现了如Miumiu这样以胸大著称的女星，对你来说会有压力吗？我的妈妈呀，巩俐看到这个问题还不会把我吃了？”

“哈哈哈哈……”我笑得眼泪都要流出来，“说不定巩俐会问你，Miumiu是谁？不过我的学生们，若不是喜欢周杰伦去看了《满城尽带黄金甲》，根本就不会知道巩俐是谁。”

“问题是，你们知道，就是这样一个脱线女，她对男朋友的要求有多么高吗？”

“她只要帅哥？”我接嘴道。

“她要一、必须是沙市人。二、学历要比她高，该死的她已经是沙市最好的大学毕业的了，不然也不能到我们那来实习。三、身高必须超过一米八。但是这个条件最近降成了一米七五，因为她说自己老了。她比我小整整五岁……四、还要人家有文化。有文化！我都不敢提这么多条件。”

“完了，这么年轻的姑娘就出来和我们抢男人了啊。”我非常地悲观。

“不用怕，这么脱线的女人，我们肯定比她有市场。”尤溪鼓励我。

“话说，你们有没有为了感情做过什么脱线的事情啊？”阿一突然发问。

阿一曾经为了一个在网上认识的男人，难过了整整两年时间。他没见到他已经彻底地爱上了他，无数次要求见面，对方都找各种方式推诿。直到他们分手，他也未能见他一面。他在对方生日时自费购机票去了他的城市，找到了他家地址，在楼下望了一整夜，直到第二天踏着露珠离开，都没有和对方联系。

直到分手后三个月，偶尔他又有机会去他的城市，他们才见上面。那时候，对方已经交往了新对象，但还是出来和他开了房。

“你们知道吗？像我这样在意品位的人，当时和他同住一个宾馆的时候，看见他袜子上有个洞，竟然含笑地在心中暗想：我明天起床要去给他买一双新的。而不是，他的袜子好恶心啊。这证明我是真的喜欢他。”他沉浸在回忆中。当然，最后对方还是没有选择他。

尤溪则是为了一个男人，减了整整二十斤。就是因为那个男人说她没有锁骨，他不喜欢没有锁骨的女人。“实际上我还是有的，只是肉眼不可见，长在肉里面而已。但我还是拼命瘦身，吃各种减肥药，后来整整一个星期都没有吃东西……但就在我减肥的时候，他和别人好了。我当时真的以为，我只要瘦到有锁骨，他就会和我在一起。多么天真啊。”所以后来，她再也不减肥了，这使我站在她身边，总像站在山谷中的凹荡里面一样。

但轮到我，死活都想不起，我到底做过什么感人肺腑的事情。似乎一件都没有。我绞尽脑汁，却大脑一片空白。看见我为难的样子，尤溪帮我开口了。

“其实你们都不知道，罗秋楠是个非常痴情的人。”尤溪的表情凝重，说起了一件上学时的事情，使我非常震惊。她说那个时候我做了一件让她一直忘不了的事情。就是有一天把她拖到一个阴暗的角落里，给她看把电话本的外皮取下来之后，写在封面里面、当时我最喜欢的男生家的电话号码。“这样我就可以既随身携带他的电话号码，又不被大家发现了。”我当时得意扬扬地向她宣布。“我真的被她暗恋的痴情给吓到了。”尤溪拍拍胸口。

“我怎么一点儿都不记得了啊。”我冥思苦想。

“幸好你现在已经把钟勇忘记了。不然不知道多吓人。”她突然补充了一句。

“是的，是的，我早就把他给忘记了。”尤溪才是真正脱线的女人，因为她总是反复地在我的伤口上来回地揉搓，却毫不知情。

CHAPTER 10
少年老成的男人

在二十四岁生日来临之前，我给自己订了水乡西溪的豪华大床房。

我想一个人去走走。在沙市闹腾久了，一切都显得特别烦乱。还好到我的生日学生们都考完试了，春节又还没有来，我倒是乐得清闲。“有些问题，在生日之前，我想好好思考一下。”其实去西溪是因为有一次和钟勇无意中说起过这里，他说他很大了，他们学校春游的时候都还是来西溪，要么就是天使岛，所以他对这些地方都特别熟悉。当时他还特意告诉我：“西溪有十八座桥，整整十八座，从东往西数第五条最美。”

“我分不清楚东西南北……”

不知道钟勇在德国，可会想起国内的一草一木？想起我这样的中国姑娘？

去之前，阿一和尤溪来我家帮我收拾行李，看见我那乱糟糟的房间，连尤溪都在皱眉。

“每次快递来我家拿货的时候，都怀疑我是淘宝上卖衣服的……”我欢乐地解释。心里有一点儿小小的得意，我承认。因为在学校里都只能穿中规中矩的衣服，导致我每次买衣服的时候都默念：我要对自己好一点儿，我平时穿得太差了。没料到，这种为了周末而购买的衣服数量已经是平时的好几倍了，而周末我都通常在家补觉——已经很久没有约会了。

“快递都怀疑我是在淘宝上卖化妆品的……”尤溪补充道，“每次我都很紧张地把堆满了房间的瓶瓶罐罐往怀里拢，然后对他说，都是我的，都是我用的，好像生怕被他拿走一样。”

然后我们一起回头看着阿一，在屋里也不肯摘下那顶平顶草帽的他识趣地接话，“好吧，快递都怀疑我是卖计生用品的。”

“啊？”

“啊？”

我和尤溪一人发出一声夸张的惊叹，我立刻抱拳，“佩服，佩服，您太令人敬佩了！”

“哎哟，我吹牛的。”

“我们知道！”我们笑成一团，大家都依偎在我的床上，衣服堆里，融咪在我们脚边懒散地蹲着。

阿一在我们面前总是很坦然，他默认我们是三个大龄剩女。他的骄傲除了他比我和尤溪都瘦弱之外，还有一点就是：“我没有男人不会内分泌失调，只有你们两个会长痘痘，哈哈哈！”

他得意得要背过气去。

“那你会得前列腺炎么？”尤溪凑到他面前不怀好意但又略带天真地追问。

“你果然不懂科学。”阿一白她一眼。在《生活大爆炸》这部讲述科学怪男和大胸白痴女的美剧在我们的朋友圈子里流行的时候，就只有尤溪一个人看不懂。

在努力塞进一大瓶洗发水之后，尤溪问：“你要不要带一个……计生用品啊？反正阿一家很多，让他送你一个。”

“我……不太好吧。”我幻想着如果这旅途中真有什么艳遇，那也不该是我带啊。“难道你要我在事情突然进行到一半，大家因为没有工具而焦灼的时候，我突然从包里摸出来一个说：‘嘿嘿，我有！’”

“是啊，不成不成。”这件事情就这样作罢了。

但是尤溪和阿一都祝我一路上有艳遇。“美环这两天正到关键时，她在抓包陈启发和她表妹，就不来给你过生日了。”尤溪帮美环传话。

好吧，她果然还是咬定青山不放松。

结果到了西溪不久，我就迷迷糊糊把行李丢了。

着急了好一阵，最后居然在我订的旅社的前台找到了遗失的包袋。

“不好意思，因为找不到失主，我们就把你的包打开了。”旅店的老板向我解释道，脸带微笑。我这才注意到，他笑起来很好看。

我不由得挺直了腰板。

“没事儿。”我心中默念着甜美，甜美，要甜美。

我觉得他看我的眼神很古怪，我估计是他爱上我了。“出来旅行，艳遇就是多呀。老板也算是体力劳动者吧。蓝领果然都爱我……”

下午去西溪划船，青石板的小路走起来很舒服。我一边踏着闲散的小步，一面欣赏我的灰色罗马平底靴踩在地上的感觉。可惜天色有点儿下雨。看见前面有租船的船家，我从水边下去，看见旅店老板正坐在岸边和船夫聊天。看见我来了，他对我点点头。

“老板你好多变啊，你到底是旅店的老板，还是负责租船的啊？”我傻乎乎地走过去和他聊天。我发现他有一双相当温柔的眼睛，陪衬在他椭圆形的脸庞上，显得非常舒服。他穿一件黑色轻薄的羽绒背心，脚下是一双棕色的系带鞋，正随意地搁在石头台阶上。

那正是苏中原定格在我记忆中的画面。

无论多少年过去，只要想起他，我就能想起他那圆润的眼睛，闲散摆放的小腿，和舒服地坐在木头椅子上的姿态。

像冬天里突然长出来的植物。

当然，最不能忘记的，就是他望着我的那样子，温柔中带着一丝倦怠，仿佛他对这个世界已经看得很清楚，但是他依旧想把我看清楚。

这样的眼神我曾经在钟勇的身上看到过。但是后来他不再看我。

我心一紧，不免有些害怕。

“人总是栽在同一类人身上。”我想起美环的总结。

但苏中原和钟勇显然不是一类人。

“我来吧。”苏中原轻巧地解开绑在岸上的绳子，轻巧地踏上小船，并且轻描淡写地对我伸出手，“上来吧。一个客人我们也走。”

“今天生意这么不好啊？”我不识好歹地说，是希望把气氛搅得寻常一些、家常一些，怕他发现我的紧张。这是在和钟勇分开之后，我第一次感到内心有些东西在苏醒。每次我以为自己的感觉已经消失殆尽，心如死水，它都会突然爬满整墙的爬山虎。

苏中原划着船带我前进，船头飘着雨，我坐在船舱里凝望着他的背影，心里想着：“这个旅店老板该不是看上我了吧……这么没有品位。”我想得很远，仿佛他已经死气白赖的要和我在一起，而我为难地考虑着自己是不是要把终身托付给他。

我望着窗外的烟雨，思考着我和旅店老板兼船家的终身大事。发现窗外的景色一动不动，依旧是红灯笼和酒家。

我三下两下爬出舱外，扶着船舱站在船头。苏中原一脸错愕地望着我，又有一些脸红。

“你发现了？”他不好意思地低了低头，又笑。

“是的。”我也笑，“所以，我这个唯一的客人被分配到了船家实习生？”

“嗯……不收费，不收费。”

“我关心的问题是，我们能回去吗？”

他笑了，从裤子里摸出了手机，对着电话那头说了几句话，过了一会儿，一艘电气船开过来，船家把绳子抛到我们的船上，苏中原望着我说：“下雨呢，你先进去吧。”

我乖乖听话地爬进船舱。过了一会儿，在电气船的带动下，我们的小船动了起来。苏中原从寒冷的外面钻了进来，一些热气朝我扑面而来。

船舱有一些窄小。苏中原挨着我坐下，又面带笑意。

我不知道说什么好。

这种不知道说什么好的状态，和那种见到陌生人的冷场不太一样。作为一名滔滔不绝的人民教师，我人生中最惶恐的事情，不是没有男朋友，而是冷场。每次相亲我都会事先想好冷场时可用的十个话题，做什么都抢答。虽然美环教育过我，男人喜欢那些回答任何问题都要迟钝十秒的女人，但是我就是忍不住抢答，忍不住买单，忍不住先说喜欢，忍不住不分离。

但是见到苏中原，时间好像在他周围慢了下来。和钟勇那种激烈的感情比起来，他显得迟缓且沉重，像涓涓小流，滋润心田。

但是钟勇啊钟勇，尽管知道自己应该早点儿忘记他，我还是忍不住叹息。

电气船拉着我们前进，苏中原终于开口说话："西溪的晚上看起来热闹，其实很安静。"

我点点头。

"你看那幢老房子，就是头上有尖角的那个宅子，已经有三百年历史了。周围的好多水乡已经慢慢在消失，只有这里，还一切原封不动，这是运气，也是我们的好运。"

"店老板，没想到你划船不在行，历史知识倒不错。"

"呵呵。"

"对客人服务也很周到，副业也很多。"

"也不是对每个客人都这么周到的。"

"啊，我这么幸运？"

"是啊，因为不是每个客人都会把行李丢掉，然后出动我整个旅店的人去找，还浑然不觉。"他眼神有点儿挑衅。

"呃……我确实比较迷糊。"

"迷糊点儿好。"

"所以迷糊到，你会偷偷把找行李的费用加在我的房费里？"

"哈，被你发觉了。"

那时候，我感觉到有一些酒喝会更愉快，最好是我喜欢的米酒。

我心想，莫非一场艳遇就是这样展开的？我开始在脑海里回忆“希希”的那些一夜情到底都是怎么开始的。是怎么从吃饭到喝一杯再到回房间，再到两个人坐在一张床上，再到拥抱到一起，再到亲吻，再到……但尤溪每次总是说不到点子上，“我也不知道啊，反正就抱在一起了呗。不然还能干吗？”她总是讲得很简略，词不达意。

和旅店老板发生关系，显然是要被尤溪苦苦盘问，被阿一狠狠嘲笑，被美环严厉批评的。

但是，我想他们任何一个，看到眼前的这个旅店老板，都会忍不住扑上去的。

他身上有种温和但迷离的气息，让我想去了解。

“要不要喝酒？虽然这样看上去不太好。”苏中原突然问我。

“你有酒？”我不得不对这个人的人生轨迹时时处于动态感到吃惊。

“我没有酒，但我知道船家会把酒藏在哪里。”他低下头伸手在我的座位下面摸索，他的肩膀斜斜地歪在我的腿旁，看上去好像就是躺在我的怀里一样。

还好他很快就摸到了，不然号称阅男无数的我一时间也要屏住呼吸了。他摸出了一玻璃瓶的酒，竟然还有几个纸杯。

是乳白色的米酒！香甜可口。完全符合我这种酒量不大又爱豪饮的女性的爱好。

“看上去你不像这里的人，干吗在这里开旅店啊？”一杯米酒下肚之后，我带点儿试探性地问。

“我就是这里人啊。”他停顿一下，“想夸我普通话说得好么？”

“哪有啊，其实就比刚才那个真正的船家说得好那么一点点点点而已了。”

“有必要用那么多个‘点’么？”

“看在米酒的分上，我减免一个‘点’。”

“多谢。”他低头歪起嘴角笑，又抬起头看着我，那一瞬间我有些失神。

观光完西溪的夜晚风光，苏中原爬出船舱，叫电气船往回开。回程很快，我感到依依不舍，不知道他是不是也有同样感受。我没想到自己这么快就沦陷在一个小镇男性的温柔里，不免暗中掐了几下自己的大腿。

“哎，难道你下辈子想当旅店老板娘，在西溪过一辈子么？”“其实当个旅店老板娘也不错啊，那家店看起来还蛮有情调的，就是破了一点儿小了一点儿，但老板又长得这么可爱。”我内心中又天人交战，完全忘了自己正走在这旅店老板身边。

下了船，我们走在石板路上准备回旅社。天色全黑，连红灯笼都没有几盏亮着了。天空依旧慢慢飘雨，苏中原把羽绒服一脱，罩在我们的头上。他的手臂把我轻轻夹住，全部包围在外套的遮掩下。他离我非常之近，我看他一眼。他的脸似乎也有一点儿红，故意不看我，说：“你这个不喜欢打伞的姑娘，快走吧。不然要被雨淋病了。”

我轻轻依偎着他，“哈，我确实不喜欢打伞，被你看出来了。”

回到旅店，穿黄衣服的丫头给我们开了门，错愕地看了一眼我，又看了一眼苏中原。苏中原没看她，只对我说：“送你上二楼。”

楼梯小小窄窄，踩起来嘎嘎作响，我觉得很好玩。我住 202。简直是转眼间就到了门口。

“晚安。”他重重地说，“罗秋楠。”还叫了我的全名。

“你怎么知……”问了一半，我突然想起他是这家旅店老板，又核对过我的行李，把话截住了，转而想起另外一件事，“对了，店老板，我还不知道你的名字。”

“苏中原，我叫苏中原。中原一……”

“中原一点红？”我们几乎异口同声说出。

“哈，你也喜欢古龙？”他笑。

“所以，你妈妈或者爸爸也喜欢古龙？所以给你起了这个名字。”

“也不是。但不知道为什么，刚好就起了那两个字。这样介绍起来倒方便。”

“他们没告诉你什么意思？”

“没有。小时候问过，后来忘记了。长大了也就没再问了。”

话一开头，我们好像又有聊下去的痕迹。

我靠在门上，打趣说：“好吧。我们好像已经说晚安很久了。”

“那么，明天见了，罗秋楠。”

“晚安，苏中原。”我第一次叫了他全名。苏中原转身离去，似乎没有留下的意思。我拿不准尤溪的那些故事是怎么开始的，但看起来，我这晚上的故事苏中原是没意思开启了。

但他好像开启了另一些东西。

我不确定那是什么。

晚上打开行李包，我把睡衣、拖鞋一件件摆出来，突然在包里看到了一盒计生用品，就是常常在阿一家看到的白色盒子包装。关键是用品的盒子上还写着一行字：

“朋友，安全第一。麦当娜说了：性的安全比生命更重要！我们祝福你成功。”

落款自然是尤溪和阿一。

我登时大窘。怪不得苏中原把包还给我时，带着一点点奇怪的笑容。那他之后对我产生兴趣，也完全是因为看了这张无厘头的字条和计生用品了。完了完了，他完全不喜欢我。要是他看了这些祝福，依旧把我安全送回了门口，估计只是觉得我这个人很好笑，逗着我玩而已吧。想到这个结果，我真是又沮丧又丢脸……不免给阿一和尤溪发了短信：“都说了不带才可能有！物极必反！朋友一无所获，你们赔我房费。”

短信刚刚发送成功，就想起了敲门声。我心里一惊，心想不会是店老板想通了要来劫个色吧。那真是太好了。

打开门来，却看见穿黄衣服的小姑娘站在门外。

她手里拿着一碗汤，“他让我给你送碗可乐姜汤，说你淋了雨。”她的声音同样有着这个水乡的温柔婉约。

我接过碗，“谢谢。”准备关门。看着她犹豫地站在门口，好像有什么话要说，就停下看着她。

她开口：“他说……说……让我把碗带回去……要我看着你喝完。冷了就不好了。”她咬着嘴唇说完这段话，我的心里已经被温暖扑满了，眼看眼泪就要一滴滴落在碗里。

“嗯。”我只说得出这句话。剩下就只能大口大口“咕咚咕咚”地把这碗汤一滴不剩地喝下。我觉得这真是奇妙的一天，我的行李莫名其妙地丢掉，莫名其妙地回来，老天爷莫名其妙地把这个苏中原送到我面前。要是我一开始订上了那个全水乡我心心念念的第一豪华酒店，我想，我大概只能在路上碰到苏中原。

那一秒，我突然决定，管他什么沙市不沙市，如果他要我留下，我就留下。但我转眼就想到了钟勇，一开始，我们也是这么好，这么好……

我希望苏中原看到那个空空的碗能够满意。但是我又怕他给每个房间的客人都送上了一碗可乐姜汤。

第二天，我睡到了日上三竿，天气似乎有一点儿好转，我心里有一些惆怅。昨夜突如其来的浪漫显得不怎么真实。我根本就只知道他的名字而已，说不定他早已经和这小镇的姑娘结婚了，说不定就是黄衣姑娘，待会儿我下楼就能看见几个小孩子抱着他的腿喊爸爸……尽管如此悲观，但我还是化了个乐观的妆下楼。

大冬天的，我只能把自己裹得严严实实，反正我那没啥高低起伏的胸部也没有什么好展示的。和钟勇住在一起的那段日子，有天我起床，钟勇绕着床观察了我好久好久，最后凝神冒了句："罗秋楠，我发现你完全没有胸。站起来就没有，躺着更没有！"

我拿枕头砸在他脸上，"老子挤出来就有了。"

还因此他连着好几天叫我"粗俗婆娘"。后来我真的生气了，觉得他在嫌弃我。他就正色道："罗秋楠你这样就不对了。人无完人。你要不是胸平了那么一点点，手臂粗了那么一点点点，就完全没有缺点了，这还让不让人活啊——你就是教师界的林志玲！不，苍井空！"

最后那个比喻把我彻底逗笑了，我就是没法生钟勇的气。

钟勇啊钟勇，我不免又想到了他，可能他此刻正在德国和某个大胸女欢乐地滚来滚去吧。想到这个，我又痛苦地弯下腰，都过去快大半年了，可是我竟然还是没有办法忘记钟勇。一点点也忘不了。

我靠着床蹲下。不得不用拳头轻轻捶打着那一马平川的胸部，

“要是钟勇说，罗秋楠你把胸搞成蔡依林那样的G奶，我就回来你身边。”我一定会毫不犹豫地去隆胸，只要他回来。

但是他没有回来。他就这样一去不复返。

穿好了黑色大衣，围了条格子披肩，我慢慢地摸下了楼。想起苏中原，我心里总算好过一点儿。而且，没有什么儿孙绕膝的景象出现。但是也不见苏中原的影子，黄衣姑娘的影子也不见了。我突然感到很无聊，完全不知道这一天要怎么打发。按照原来的计划，我要去水乡头上的一个纪念馆和老宅逛逛，吃一顿丰盛的午餐，再吃一顿丰盛的晚餐。但我现在突然觉得这一切都索然无味。

苏中原悄无声息地潜伏在我的身后，“真早。”他冲着我叫道。

“啊！”我被吓得跳了起来。他也被我吓得一跳，随即说：“对不起，对不起，我没想到会吓到你。”

“我也没想到我一把年纪了，胆子还这么小。”看见他的笑容，我的思维随即活了过来。

“一把年纪……呵呵。一把年纪，不吃早饭，可不是件好事。”

“是啊，听说这里的皮蛋粥特别好喝。”

“走，我带你去喝。”没有什么俏皮话和转折，苏中原立刻接下了我这个沉重的负担。我也欣然把自己交给他。

再次踏上青石板路，身边依旧有苏中原陪伴，我感觉水乡的一切都鲜活了起来。

“不过，皮蛋粥这个时间还有卖的？”

“没有。不过我认识刘阿婆，我让她给我们留了。”

“嗯。”我咬咬嘴唇。苏中原果然细心。

细心、体贴、礼貌、声音好听……年纪大了，似乎就容易被这些所吸引。尤溪曾经爱过一个男人，仅仅是因为对方可以讲一口好听的北京话。但事后她发现，这个人并不是土生土长的北京人，而是河南人。

“但是你不觉得，他们说话的那种胸腔共鸣，真的很好听么？不像我们沙市人，说话声音总是扁扁的，让人提不起精神。”

钟勇是在沙市长大的，说话声音却是圆圆的。

苏中原的声音也不赖，更为低沉。他和刘阿婆说两句家乡话时，声音会突然变得轻快一些。我听不懂全部，也觉得无所谓。总之，苏中原的一切都让我觉得踏实，不像钟勇那般起起伏伏。

苏中原陪着我在西溪四处乱转，这里果然是他的家乡，他对这里的一草一木，都那么熟悉。他带我去吃好吃的，还带我去看西溪小院子后面的爬山虎。

“爬山虎？那不是夏天才有的么？”

苏中原笑而不答，我跟着他转过几个小巷子，就真的看到了满墙的爬山虎，那场景极其魔幻，仿佛它们是从天地间突然生长出来的一样。

苏中原仿佛知道水乡的一切秘密。他知道哪里可以看到最多的星星，哪里可以吃到最好吃的白水鱼，哪里最适合散步，哪里可以让我开心，忘记我曾经受过的伤。

我唯独不要去看桥。

晚饭前，我焦急地拨电话给尤溪，“有情况！怎么办，快告诉我，你是如何和那些男人滚到一起去的。”

“啊，朋友给你的东西终于要派上用场了啊。恭喜恭喜。回来别忘记请我吃饭。”

“恭喜个头，八字还没一撇呢。快告诉我关键的。”我催促着她。

尤溪却在电话那头不紧不慢起来。“你就拎着两瓶酒，半夜去找他，喝high了之后，我就什么都不用教你了。”

“管用？”

“你不相信我，也要相信希希小姐的实力吧。”

“好吧，那我就磨刀霍霍向猪羊。”

“不过，朋友。”尤溪在电话那头有点儿犹豫，“你确信，你现在真的可以和钟勇以外的男人在一起，而不仅仅只是报复他？”

“我……不确信。”我面无表情地回答。

最后的晚饭，苏中原安排在他们旅店的天台上。菜色很不错，有大黄鱼馄饨汤，豆豉小黄鱼，以及碧油油的菠菜。我在席间打听到那个黄衣的姑娘叫小荷。她不是这个水乡的人。这个旅店的工作人员里，只有苏中原是土生土长的西溪人。

“你在哪里读的中学？”我突然这么问苏中原，“这里也有学校么？”

“有。不过我其实是在沙市读的中学。我在市北一中。我还以为你永远都不会问我呢。”

“不可能。”我大叫道，“我怎么从来也没有见过你。我们两个的年龄应该差不多吧。”

“我应该比你大一岁。因为我在学生时代就少年老成。所以总是默默隐藏在人群之中。”

“哈，我不信。那你吃过学校后门的鸡肉卷吗？”

“吃过。我喜欢不放番茄的，三块一个？”

“哈，是三块五。我记得那时候，我半走读状态，每天都可以出校门。其他大部分学生都是住校的。我每天要帮我们班二十多个人带鸡肉卷进学校呢。藏得满满一书包都是。到后来，不仅我们班同学要我带，就连外班的同学也慕名而来。这可是我学生时代最壮志凌云的时刻……”

“我知道。”

“你知道？什么意思？”

“哦。我看到你的名字时，其实就知道是你了。你那个时候，还帮我带过鸡肉卷，是托你们班同学找你帮忙的，只不过你不记得我罢了。”苏中原就这样慢条斯理、一字一句地吐出来，“不加番茄的……”

“你是说，你那个时候就认识我？”

“是的。不然你以为，我会带每个客人都去划船么？”

“天啊！太难以置信了！我完全不记得……所以说，这是说我善有善报。小时候帮你带鸡肉卷，长大后……”我觉得周围的一切变得热了起来，仿佛透不过气。苏中原就像是很多年前就埋下的种子，等待在我的苦难时刻再生根发芽。

离开的那一日，我没有见到苏中原。整个离店时间内我都心神不宁，只有小荷接待我。

唯一的惊喜就是，店老板苏中原减免了我的房费，理由是招待不周。但回去之后尤溪想必会骂死我，折腾了两天我的高中校友苏中原，就省了两天的房费，连个内分泌失调都没有改善。

回到沙市以后，苏中原却没有给我打电话。我分不清楚是他带给我的失落大一点儿，还是钟勇。我照例过起了以前的日子。白天我早早去学校，晚上下班时，去同一家面包店买面包，某个晚上我刚走进那家熟悉的面包店，我的手机铃声突然响起来了，是《织毛衣》。

我打了个冷战。

这是我给钟勇专属的来电铃声。我差不多等了有整整一分钟，电话依旧在响，周围的人都看着我，我才把电话接起来。

“我回来了，想吃小龙虾么？”没有任何开场白，钟勇的声音就传了过来。仿佛我们之间，未曾隔着一年的分离，也未曾隔着一个活生生的苏中原。

“我现在已经不喜欢吃小龙虾了。”我努力地使自己的声音平静下来。

“是吗？”他在电话那头笑笑，“你现在比较喜欢吃海苔肉松卷？”

海苔肉松卷，正是我当时拿在手上的面包。

我不敢回答，只听见身后传来玻璃门被推开的声音。

钟勇瘦极了，看上去也非常憔悴，眉头紧锁着，手指上青筋暴露。他穿一件深灰色的风衣，扣子敞开着，头发剪得短短的。面部轮廓比以前更清晰，但眼睛依旧很明亮，洞穿世情。

他一进门，就盯着我死死地看。

我呆若木鸡地立在店里，不知道该说什么好。我的手深深地掐入海苔肉松面包之内，五脏六腑都疼了起来。

他一下子就过来拉我的手，“走，我们到外面说去。”

我放下已经被我揉烂的面包，在店员惊悚的眼神中，浑浑噩噩地跟着他出了门，望着这个仿佛在梦境中出现的男人，这个毁掉了我之前整个生活的男人。

我在心里冷笑着："他以为就可以这样不说一句，就回到我的身边？他以为我是个傻瓜？"

"我有男朋友了，你不要这样拉着我。"我甩开他的手，但是力量并不是很够。

"你有男朋友了？"在街角的中心公园里，钟勇跳起来，"你有男朋友了？我想了你整整一年，你告诉我，你有男朋友了？！"

"是的。我有男朋友了。当初……当初是你先提分手的。"我计较着得失，比较着付出。另一个我浮出我的身体，飘浮在我的头顶上空，冷漠地看着这副画面：在那个绿葱葱的花园里，罗秋楠要掐死自己的爱情、自己的人生，好好演一出悲剧给自己看。互相折磨，是否才是爱情的真面目？

"楠楠……"钟勇放低自己，沉沉地呼唤我一声，"每个人都有想不通的时刻，每个人都有问题需要自己好好解决。我承认我软弱过，这可能让你失望。也许我现在说什么，都无法挽回我对你造成的伤害，但是你相信不相信，在这一年的时间里，我从未有一刻停止想你。"

"从未有一刻停止？"

"嗯。"

"那又有什么用——我失望痛苦时，你不在。现在我慢慢过上了平静的日子，你又回来了。怎么，是不是在德国过得不顺？只好回来了？"

"一，钟勇不得伤害罗秋楠，也不得见到罗秋楠受到伤害而袖手旁观。二，钟勇应服从罗秋楠的一切命令，罗秋楠叫他去伤害谁他就得去……"站在那棵树下，前言不搭后语的，钟勇就突然背诵了起来，他一字不差地、均匀地念出每一个字，他望着我。

“——不要背了！”我喝止住他。

“三……钟勇应保护自身不伤心，但不得违反第一、第二……”他继续背下去，一直背下去。

“我叫你不要背了。”

“好好好，你说不背就不背。我只是想你知道，我希望你好……”听完我的话，钟勇又变回那个冷静的男人。

“我当然很好，离开了你之后，再没有人诅咒我被车撞！”

听见“被车撞”三个字，钟勇用异常受伤的眼神看着我。他凝神地看了我一会儿说：“其实我就是来看看，你过得好不好的。现在知道你过得好，我就放心了。不过，要是你……男……朋友……对你不好，你要告诉我。”他很艰难地吐出“男朋友”三个字。

“放心，他对我好极了。”我冷冷地说。

钟勇转身就走了，没发现我腿已经软了，站立不稳。等到他的背影完全消失在我的视线之外，我才瘫软在公园的椅子上。我长长地吐了一口气，对自己说：“罗秋楠，你这是何必呢？这是何必？”

除了连连几个发问之外，我再也吐不出完整的字句。我被一种巨大的、自我塑造的悲剧感给击中。我知道那个时候，也许我只要勾一勾手指，钟勇就会回到我身边，我们又能重新过上以往那样快乐的日子。

但是我怕他不知道什么时候又会突然走掉，只留我一个人在这个孤寂的宇宙之中。只有苏中原是不会突然说再见的人。他如此老实持重，不会突然消失，不会突然造访。我已经二十四岁了，我的人生再也承受不了这样的打击和磨难。我想要结婚，想要有孩子，想要每天下班回家，都有人可以等待。

我决定把尤溪小姨的话抛在脑后。

CHAPTER 11
意外来客

“不好意思，你登记时，有留手机号码，我就直接打给你了。”电话那头，是苏中原缓慢的声音。

“你好。”我客气地回答。这已经是距离我们在西溪认识的三个月之后，我心想，要是苏中原早一点儿打来。该有多好。

那该有多好。

时尚杂志教育我们说，如果一个新认识的，你颇有好感的男人，十天之内都不会联系你，那么他就永远都不会联系你。但苏中原仿佛是一个例外。他在我等待到绝望，已经过上了无欲则刚的日子之后，慢悠悠地出现，宠辱不惊。

“我到沙市来生活了。”

“啊？”

“你发生了什么事么？你的声音听起来闷闷的。”

“没有没有。我就是感到有点儿突然。”

“不介意的话，一起出来吃碗拉面，我知道哪里有好吃的拉面。”

“好……没想到到了沙市我的地盘，你依旧是活地图。”

“你喜欢什么样的房间？”苏中原突然问我。

“你应该不是问我喜欢六十平方米还是一百平方米的房子吧，这是个陷阱么？调查我是不是个虚荣的女人？”

“你误会了。我是说……”

“我喜欢小的。”我打断他，“很小的房间。我小时候一直幻想自己住在铁皮房子里，像棺材一样。”我冷笑道，顺手丢了一颗花生进嘴巴里。虽然我并不喜欢吃花生，但是我总感觉那时候我需要吃点儿什么。

不然苏中原就会听到我心跳加速的声音，所以我还是宁愿他听见我吃花生的声音。

气氛一时间有点儿沉默。但苏中原坐得仿佛离我近了一点儿，我可以看见他在空气中微微吐出的白雾。现在已经是春天，但天气还是有些微凉。他穿着一件单薄的棉质格子衬衣，下面一条军绿色的裤子。鞋子我大致瞄到是 DKNY 的，都不是我讨厌的风格，也谈不上特别喜欢。一只手斜插在口袋里，另外一只微微向我靠拢，我仿佛能感觉到他身体的热气向我袭来。我周围到处都是他的味道，我被他的气场牢牢笼罩住，以至于忘记了自己身在哪里。

“我讨厌房间里有我看不到的角落。”他突然接话。

“啊？”

“我是说，我和你一样。我喜欢小小的、方正的、一目了然的房间，比较有安全感。”

“哦。”

“那不如去我家看看。”他望着我的眼睛。我不知道怎么回答。但通常我觉得扭捏害羞倒不如爽直来得简单干脆。“转得好硬啊，你邀女孩去你家都这么复杂的么？”我笑他，但是同时也算是答应了。

走出咖啡店的时候，我突然有一种感觉。苏中原不像任何一个人，不像我认识的任何一个人，或者明星、公众人物。

他不像任何一个人。

对于我的世界，他是崭新的、从未有过的尝试。我却因此而无法看穿他的过去与未来，更看不透这里面到底和我有多少关系。通常一个男人，如果长得有点儿像我的表弟或者小学同学，那我们之间基本没戏。通常他要是天蝎座、金牛座、水瓶座，基本上我就能摸清楚他的性格。但苏中原仿佛是从岁月里直接诞生出来的，在他身上没有任何规律可循。他既不小气，也不特别大方。既不特别高，却也完全不算矮。他既不是非常好看，但也一点儿不难看。他来沙市后找了个普普通通的职业，就是到一个电脑公司上班做白领。他的口味也不重，不喜欢 SM 却对苍井空很有兴趣。要是非说他有什么特色可循，那就是他的脸上有一道横纹。

他不像任何一个人。

但是他又如此熟悉亲切。

我去就是。反正现在，一切都没有什么分别了。

其实苏中原也不像是我渴望的男朋友。

但是我和苏中原一起去吃拉面，他会把一整块的炸猪排分我一半，还把餐巾纸给我垫好。会吃着吃着抬起头看我一眼，笑。然后又低下头去继续吃。

我们三个月没有见面，除了电话里的生疏之外，仿佛我们之间未曾隔着任何的时光。他仿佛穿越时间而来。在此之前，只有钟勇能给我这样的感觉。钟勇……

吃面的时候我们一句话也没说，拉面师傅一边自如地在半开放式厨房拉着面、把猪排炸得外焦里嫩再点缀一点点番茄酱。整个店里除了应该有的吃面声、炸猪排声和擦嘴声没有一丝多余的声音，世界就是它本来该有的那个样子。我和苏中原也就是我们之间应该有的那个样子，情侣的样子，会在一起一辈子的样子。我感觉到时间之于我在瞬间凝结了，这事情前所未有。半份炸猪排能够让我产生如此大的满足感，也着实是一件奇妙的事。

但是尤溪很鄙视我这样的想法，她愤愤不平地说："你就是个吃货。要是太郎家的炸猪排不好吃，你还能有这种一辈子的感觉么？所以你的一辈子其实是和炸猪排师傅的一辈子！"

"可是太郎家的炸猪排确实一流啊！"虽然如此反驳道，但我觉得她说得也不无道理。

没有什么特别的事件，没有什么热血的激情，我和苏中原仿佛认识的第一天，就认识很久了。我只是好像无法爱苏中原。但是我看得出来，苏中原对我的爱意渐浓。他几乎每天都要跑到学校来等我下班，就等在街道转角的尽头，快步跟上我，及时给我一个海苔面包或者一杯海盐奶绿。过马路时他总小心地让我走内侧。他总是轻轻哼起一首老歌：如果没有遇见你，我将会是在哪里。只是调子而已，没有歌词。因为体贴的他怕歌词让我难堪让我害羞。

但这些，竟然都没有使我欢快起来。

“能不能给我一把你家的钥匙？”苏中原终于问起我来。我正伏案工作，想假装没有听到苏中原的问题。最近我一直把他家当做我自己家，因为他家有大马力的冷气，有双开门冰箱，有45吋的电视，还有开放式的工作间。我甚至不惜把融咪装在猫包里一并送到他家，因为我不想待在自己家。

“罗秋楠？”

“我们星期天去动物园玩好不好，尤溪说那边新来了两只熊猫。”

“好的……但是……”像是下定了什么决心一般，做事很有条理的苏中原吐出一口气，“能不能给我一把你家的钥匙？”

“我……没有多余的了。”

“就是这样？”

“是，连我自己都不喜欢待在那里，你要那里的钥匙有何用呢？”我依旧遮遮掩掩。

“为什么我想要你家的钥匙？”苏中原第一次提高音量，“我喜欢一目了然的房间，也喜欢一目了然的爱情。我不喜欢躲躲藏藏、欲言又止，不喜欢猜来猜去。我知道你受过伤，很大的伤，但是你能不能正眼看我一眼？”苏中原颓然地低下头，随即黯然销魂。他趴在沙发上，用手轻轻抚摸融咪白色的绒毛，融咪眯起眼睛来一副很享受的样子，似乎已经忘记了去年这个时候它是如何与钟勇整日玩耍的。它忘得了，但是我忘不了。

我放下手中的鼠标，把椅子转向苏中原的那一面，深深地吸了一口。

“……我的前男友死了。”我冷不丁地说出口。“另一把钥匙，给他拿去了。我要不回来。

“是的，我终于可以说出口了，我终于可以说出来了。就在你给我打电话说你来了沙市之前。他死了，被一辆土方车压死的。你知道失去一个人的痛苦么？失去一个鲜活的人的痛苦？他昨天还可能正在和我吵架，今天就突然消失，只静静躺在一个小盒子里，就什么也没有了？就在你给我打电话那之前的三个星期，我生不如死。

“是的，他算不上什么好人。他曾经抛弃过我，直到现在也不算是回头找过我。但是有什么用呢，我喜欢他，我喜欢他就是了。直到他死了之后我才发现，这种喜欢可能从未停止过。

“你的出现确实减轻了我的痛苦，我迷恋有人在我身边时的状态。对不起，我利用了你，都是我不好，不够坚强。”

我随即被巨大的痛苦给淹没。我摇摇晃晃地站起身来，披上我的白色衬衣，夺门而出，我眼里的苏中原仿佛已经不存在了，我不知道他是如何来拉我的手，我是如何挣脱的，我只是大吼：“你偏要来问，你偏要来问……请让我静一静。”

知道钟勇的死讯时，我和尤溪在一起。那是在他在面包店里找过我的第二个星期。我当时把尤溪的整条手臂都紧紧抓住，抓出了三条巨大的血痕。对于此事我其实早有预感。他每日叮嘱我，不要被车子撞，谁知道他自己却主动去撞了车子，只为拯救一个陌生的姑娘。这是命。

那之前，有一天我回到家里，发现钟勇已经偷偷去过。不，简直就是大张旗鼓地去过。他用谈恋爱时从我这里拿走的钥匙进门。他给融咪买了一个电动猫厕所。因为我以前总是抱怨他不肯帮我铲猫砂，自己清理很臭。他把我家空白的那面墙上，贴上了我喜欢的绿色小花墙纸。他给我换了新的微波炉。

他似乎把我家不太灵光有些堵塞的下水管道都修好了，我从来不知道他还这么有能耐。

我知道他希望能打动我，希望我过得一天比一天更好。我不得不承认，在看到新墙纸的那一刻，我的心里的的确确升出了一点儿温情：如果我们再在一起，王子和公主是不是就能从此过上快乐的日子？事实证明，我是一个毫无运气之人，老天从来不肯对我过分的好。

从苏中原家里奔出来，我不敢回到那个时刻会让我想起钟勇的地方，我打车去了欢乐路找尤溪。看见我泪眼婆娑的样子，尤溪又吃了惊，“怎么？你已经知道了？我以为你已经不会流眼泪了，给钟勇……送行……的时候，你都一滴眼泪没有掉。”

“知道什么？”我疑惑地抬起头。

“啊，我又多嘴了。看来你只是和苏中原吵架了。哎，朋友，是祸躲不过。有件事，我一直没敢告诉你……我有天偷偷去铁老师家看他……”

“怎么不叫上我？”

“重点不是这个……你听我说。我问他，我们学校是不是有个叫苏中原的人，比我们高一届。我以为我是临时转校，所以没注意过他，那也正常。但是铁老师翻出了名册，压根儿没有这个人。”尤溪的声音像炸雷一样。“他怎么知道你那么多事？要是都是胡诌的，也算巧。但他要是如此一步步接近你，那就太可怕了。”

我身体里的血液一下子凝固了，从头到脚，都在冒着凉气。

“阿一和美环知道这件事么？”

“呃……我问过他们的意见。他们都说好不容易有个苏中原，是唯一拯救你的希望。钟勇的事对你打击太大了，苏中原再出点儿问题，我们都怕你扛不住……再说，和其他的打击比起来，苏中原这只是小事情，也许他真的只是想拉近你们的距离，才说他是市北一中的呢？”

尤溪顺便伸出她悠长的手臂，“你抓吧。我知道是我错了，这次你狠狠地抓我好了。”

CHAPTER 12 每个人都有秘密

“大部分人过着沉默绝望的生活。所谓的听天由命即是根深蒂固的绝望。”

——梭罗《瓦尔登湖》

带着我根深蒂固的绝望，又一个秋天来临了。那之后我再也没有联系过苏中原，只是让尤溪去把融咪给我接了回来。钟勇的死带来的阴影早就冲淡了。我发现过了二十四岁之后，人生就是一个接受和告别的循环过程。或许是钟勇的第一次离开我已经耗尽了全部的伤心。这一次，人人都说他是英雄，他拯救了一个差点儿压死在土方车下的十四岁小女孩。我恨不得把那个小女孩给掐死。随后我去了钟勇家里，他妈妈给了我一包东西，说可能是钟勇要给我的。

回家之后我哆哆嗦嗦地拆开来，发现是一些信件和日记，并非是给我的。是给一个叫做“七七”的女孩子。按照内容推断，应该就是钟勇十六岁时最喜欢的那个姑娘，他们信件并无肉麻之处，只是互相鼓励谈心，甚至会涉及天气，却时时闪烁出动人之处。我想钟勇的热情应该也是早已消耗在了这个姑娘身上。他在信里这样对她写道：“那天见你出教室时，没有带校服外套。最近天凉，小心小心。祝好。”

说实话，这其实稍微消减了钟勇的意外死亡对我的打击。只是我依稀记得，已经距离我和钟勇第一次好上，差不多有两年多的时光。两年多的时光忽悠而过，我只是多了些法令纹而已。

我当然很快也原谅了阿一和美环。“我们哪里需要你原谅，根本你就是在找骂好不好？你就真的不和苏中原联系了，就因为这一小点儿的误会？”阿一质问我。

“我感谢他总是及时出现在我最伤心的时候，但是，我好像又要停业整顿了。”

为了表彰我的无欲则刚，阿一组织了一次秋游，去他的家乡金坛。秋游的主题是：“我们为什么总是男友告急暨极品男人声讨大会”。

金坛是沙市旁边最小的一个县，山清水美。但是在认识阿一之前，我从未听说过这个地方，尤溪也没有。“阿一你应该是你们村子最时髦的吧。你们家有几层楼啊？”尤溪向他打探着。

阿一暴怒，“是县好不好，是县好不好？不是村，你们还想不想吃螃蟹了？”

我们点头如捣蒜。尤溪甚至动用了她的新车，开车带着我和阿一去金坛。美环和陈启发则开他们自己的小车。我们曾经坚决反对美环带上那个“杀千刀”的陈启发，但是她执意不肯，“你们这些大龄剩女就是想不开，老公要随时带在身边才放心。”

我们都对这位已婚妇女嗤之以鼻。没有人问起陈启发和她表妹的事，就连一向很容易擦枪走火的尤溪也没有提起这不该提的一壶水。

一路上油菜花片片绽放，我心情也灿烂了起来。阿一家在乡下是三层楼的小房子，尤溪同时还接到了一个重要的任务：扮演阿一的女友。

扮演阿一的女友，据说不仅能吃到他家最大的螃蟹，还能领到阿一父母发的红包。我原本争抢着要做这好位置，但是阿一偷偷提醒我说：“千万不要。这种事有一回没下回。等到我爸妈开始逼婚了，我就得告诉他们，我和尤溪分手了。那尤溪以后就再也吃不到螃蟹了。”

“那还是当朋友比较划算，年年都能来！”

车子快开进金坛，阿一的神色慌张了起来。尤溪从后视镜里看着我们，对着阿一挤眉弄眼，“我们猜拳我可是赢了的，该你说的。”

“你们又在搞什么鬼？”我一下子直起身子。

“别激动，其实也没什么……就是我们给你安排了个约会……在我的家乡。”

“相亲？我不是说过，我要停业整顿了？”

“也不能算是相亲，那个人你也认识。”阿一说完，他们就一起沉默了。

我心里猜中了八成。这些狐朋狗友，也想不出更高明的法子了。他们自己都货源稀少，哪里有空给我供应男人。

走进了阿一家的院子，我四处打望，阿一说："别急别急，他一会儿就到。"

他先介绍了他父母给我们认识。尤溪表现得热情且识大体，这么多年公关小姐不是白当的，忽悠阿一的父母还是绰绰有余。我看阿一的父母除了对她的身高不太满意外，巴不得他们俩就地把孩子给生了。

"我先去隔壁一趟，妈，给我装一盘饺子，外加两只螃蟹。"

"隔壁隔壁，每次回来都要去隔壁……不是叫你别理那个曾阿牛了吗？怪里怪气的。多亏有了尤溪，总算有人在厨房里帮忙。"阿一的妈妈抱怨道。

阿一对我歪歪嘴角，我跟在他后面。尤溪正在厨房里帮忙帮得不亦乐乎，心中盘算着那个属于她的女朋友红包。陈启发不认识路，想必此刻正在被美环骂得狗血喷头。我只得跟着阿一一路走，问道："曾阿牛是谁啊？你在乡下的情人啊？"

"别乱说。曾阿牛是大叔，都快五十岁了好不好。而且还缺了颗门牙。我喜欢的是嫩肉好不好，嫩肉！"

"这么激动，一定有问题！"

"和你说不清楚……哎，你也知道，像我这样的身份，在我们这样的地方，是不可能被接受的。我可以随意地告诉你们，可是我不敢想象有一天，我爸我妈若是知道了，他们会有怎样的反应。"

曾阿牛年轻时就是这里的异类，一辈子不结婚不找女人。渐渐地就有闲言碎语传出来，说他喜欢守在河边看男人洗澡……阿一小时候常常望着他落寞的身影不知所措。那身影成为了他童年的一道风景，被他记忆得很深。因为那背影透出一种特殊的凄凉和无奈，好像可以准确地传达到阿一面前。那个少不更事的阿一。

“记得我十一岁那年，有一次独自走在路上，碰见了曾大叔。他摸摸我的头，什么也不说，只是看着我笑。我当时觉得很奇怪，后来渐渐明白了……你知道，我家有订阅《家庭医生》……我干吗说这个……他把他的青春和人生，都献给了这里。每次见到他，我都要反复提醒自己，我不能变成他这样。所以，我坚信自己，一定能找到喜欢的人。

“罗老师，你也一样。虽然很多事，都不能强求。但人生全靠自己的选择。每个人的路都不一样。好比美环，她喜欢踏实的生活，那么陈启发再劈腿，她也可以忍受，这就是她的选择。尤溪喜欢冒险，要是到了四十岁她还是没伴，我相信她也可以过得开开心心——寂寞是难免的。只有你和我最像。心中从未放弃过追求，但是又时时被现实纠缠住。我们必须通过不断地尝试，认清楚自己最想要的是什么，然后碰到了，就不要放过。”

“哈，我从未想过，这样一段话，最后上天是派你这样一个男人来向我揭示的。”我想把语气弄得轻松一点儿，却触动了自己的心弦，“不要放过……你说得对，很多事情，都不能强求，我已经努力了，但还是没办法。可能我就是注定得不到自己想要的东西……话说，我以前不是建议你找大叔吗？待会儿我看看这个曾大叔长得怎么样，说不定你们还是天赐良缘，青梅竹马，只是你从未发现。”

“滚滚滚！曾大叔连普通话都不会说，而且，我要嫩肉！嫩肉！”

给大叔送了食物，慢慢散步回阿一家的院子时，苏中原就斜倚在他们院子的门口。阳光晃着我的眼睛，我看不清楚他的表情。

“罗秋楠，你们去走走吧。”阿一顺手一指，转身就进了屋，“那后面有片油菜花田，挺美丽的，不过，你们不要乱摘花！”

走近了，我才发现，苏中原脸上，有我熟悉的温暖的表情。他叫不出我的名字，只是说了声："我们走走吧。"

我跟着他。我们一起沉默。

他的步子迈得稳重踏实，实实在在。我步子迈得虽然比一般女生大些，但是也赶不上他，他就会稍微停下来等我一下。

等看到那片油菜花的时候，苏中原停下来了。他背对着我说："对不起，我不是故意要骗你的。"

"其实没关系，就算你不骗我，我想我们也没什么未来。"

"为什么？"

"其实我上次已经说得很清楚了……我前男友死了。他日日担心我被车撞死，结果自己却迎了上去。可能是我注定得不到幸福吧。"

"我来，就是想告诉你全部的事。哎，我知道，也许我告诉了你实话，你就再也没有可能爱我了，但是我还是不得不说。"苏中原正色道。他转过头来。挺直了身体，就这样不容我打断地，一直一直讲下去。

"我确实早就认识你。但并不是因为我是市北一中的。我没有骗你。我确实是在水乡长大的。但是我有个妹妹，真的是在沙市读书。她成绩很好，在沙市三中读书，笑起来像天空一样干净。"

"沙市三中？"

"对，就是钟勇的那个学校。你没有猜错，我和他早就认识。每个周末放学，钟勇都要把我妹妹送回西溪。虽然只是一个小时的车程，但是对于一个中学生来说，那已经很难得。一开始，他连我妹妹的手都没有拉过，就是默默地跟在她后面，像个傻子似的。

"一开始，我很讨厌钟勇，觉得他像一个三流学生，根本配不上我妹妹。

“我还和他打过一架。

“那一架，他受了很重的伤，当然我伤得也不轻。我叫他下个星期不许再送我妹妹回西溪了，我自己会去沙市接她。结果，他还是一瘸一拐赶过来了。那眼神像一头倔犟的小鹿。

“那之后，我也算是默认了他们俩的关系。我妹妹非常爱钟勇，钟勇对她也非常好。两个人，好得像什么似的。那时候，我就发誓要找一个女孩子，也要这样爱她。

“但是仅仅有一次，仅仅有一次，钟勇没有送她回水乡。因为他有个重要的篮球比赛，就定在周五的放学后。我妹妹原本要留在学校看他的，但是太晚就没有车回水乡了。他也试图给我打电话让我去接一下妹妹，但是那个时候，我们水乡的学生，还压根儿没有手机这样的东西。

“那一天的事，你知道了……她……犯事的是一辆好大好大的土方车。那司机喝了酒，压根儿看不见车子把弱小的她给刮倒了。那个车轮，就反复地在她身上压来压去……我无法想象那场景有多么恐怖。

“我爸我妈不许我去现场看。把我绑在家里。钟勇，他当然去了，他脸色苍白地来找我，跪在我们家门口，一遍一遍打自己耳光。我也想冲出去，把他往死里打的。但是我看见他那眼神，真是比他自己死了，还要难过。于是我劝他，一定要活下去，要好好地活下去，我甚至还编出了一堆谎话，说他要是死了，就等于把我妹妹全部的希望都浇灭了。我妹妹喜欢古镇，喜欢建筑，想上沙市最好的大学的建筑系。要把这古镇留下来。

“钟勇听了我的话，总算有了那么一点儿活下去的打算。

“那之后，他再也没有打过篮球。他拼命地学习，考上了最好的大学的建筑系。

“我妹妹叫苏七七，也是古龙小说的名字。你没有猜错，我爸爸很喜欢看古龙小说。

“七七死了之后，我花了三年时间，走了出来。要说人忘记另外一个人，其实是很容易的事情。但是钟勇并没有忘记。

“他一直说，自己欠她的，总归要还的。

“直到他遇见你了。

“你和七七长得完全不一样，身材不一样，样子也不一样。但是你们的笑容都很干净。你不要以为只是因为你和七七有这点儿相似，钟勇才喜欢上你。他是真的被你的乐观给打动了。这些年来，他谈恋爱从来没有认真过，他总是说，他把一生都给了七七。

“有一天，他喝得大醉，跑到西溪来找我。他说他觉得他对不起七七，因为他爱上了你。在七七死去以后，我第一次看见他喝得那么醉，整个晚上都在叫你的名字：罗秋楠，罗秋楠。

“所以第一次在西溪看见你的名字时，我就吃了一惊。

“酒醒了之后，他决心离开你。我怎么劝他都不听。我当时以为他只是觉得对不起七七，才这么做的。后来才知道，钟勇他觉得自己不能算是一个完整的人，没法给你幸福。他受过很大的伤害，他不允许自己犯错，所以难免会走进死胡同。

“那之后，他一直躲在西溪。研究着古镇的建筑，一边在我的店里帮忙，努力不去打扰你的人生。我们有时候整晚谈论的话题，都是你。所以我几乎知道你的一切。知道你小时候很仗义。知道你喜欢吃小龙虾。他还总是说，小龙虾那么脏那么不卫生，搞不懂你怎么那么喜欢吃，他都只好硬着头皮陪你吃。

“我们在西溪的日子，他当然也在。那碗姜汤，也是他送给你喝的。他拜托小荷送去给你，还千叮咛万嘱咐只能以我的名义。

“你刚踏进西溪，他就盯上你了。我怀疑他一直都在等待着这一刻，等着你来西溪。你的包包掉了，是他帮你找回来的。还和别人打了一架。里面的东西，他也看到了。当时他那种沮丧的表情，我真的不知道怎么向你形容。

“发现你和我走得很近之后，钟勇气急败坏。我看出来，他很矛盾。一方面，他觉得你可以摆脱和他的过去，和我在一起，未必不是好事情。一方面，他在疯狂地忌妒。他怕你已经忘了他了。他让我给你准备米酒，说你最喜欢喝那玩意儿，一喝就会脸红，很可爱。他说你下雨不喜欢打伞，央求我一定要送你回到旅店。

“你走的那天，我没去送你。因为我觉得事情在往我也不能控制的方向发展了……我好像……也喜欢上了你……可能在他的叙述中，我早就喜欢上你了吧。我强迫自己不去送你，因为我知道，你们才是最好的一对。他总会想通的。而你终将原谅他，理解他。

“他果然忍不住，你回沙市没多久，他就去沙市找你。你肯定对他说了些狠话。他第一天给我打电话，沮丧极了。

“但是没过几天，他又像个孩子似的高兴起来了。他说你没有换家里的门钥匙，他偷偷去看过你们的猫，结果发现你把他的白色拖鞋还留在家里，他就知道，其实你说的只是气话，你完全没有忘记他。

“那场车祸真的是个意外。我想可能是那个小女孩让他想起了七七。他日日夜夜都对别人说，要小心小心，结果自己还是那么奋不顾身。你问我知道不知道失去挚爱的痛苦，我当然知道。我失去了七七，失去了钟勇。他们对我来说都同等重要。但是我相信，就算你要钟勇重新选择，他也一样不会后悔的。他只是遗憾不能给你更多的时间和更多的幸福。

“现在我一五一十地把这些事情全部都告诉你。希望你能明白，有一个人，曾经这样地喜欢你，你也是一个值得别人去爱的人。不管他是活着还是已经死去，你都要保重。罗秋楠，你知道吗？虽然你现在还不喜欢我，但是总有一天，我们的孩子会到我们的坟前来给我们献花。因为我们的身上，不止是我们的记忆，我们的身上，还有好多人的记忆，好多人的幸福。”

“真的会有那么一天吗？”我问苏中原。

“会的。我相信会有那么一天。”

“那我们一言为定。”

这时候，阿一和尤溪手拉着手来找我。原来天色已经渐晚，淡黄色的月亮已经要爬出来了，可天空还有一点点亮堂。我紧紧抓住苏中原的手臂，大口大口吸入空气。一切都是那么安静，那么美好。钟勇虽死犹生。

“你们两个躲在油菜花田里，谈恋爱么？”尤溪笑嘻嘻的，“这么快就和好了啊？”

“再怎么谈恋爱，饭还是要吃的。美环他们都到了。还有好多你想不到的人。我妈妈今天做了清蒸多宝鱼、红烧排骨……我还让她烧了你最喜欢的小龙虾。”阿一示意我们赶快起身。

“小龙虾我就不吃了。”我望了一眼苏中原。

“我这辈子，都再也不吃小龙虾了。”不再吃小龙虾，过马路时注意安全，好好谈恋爱。因为我答应过某人，我要好好保重我自己。

“喂，出门小心被车撞。”我仿佛听见某人，在我身后低吟。

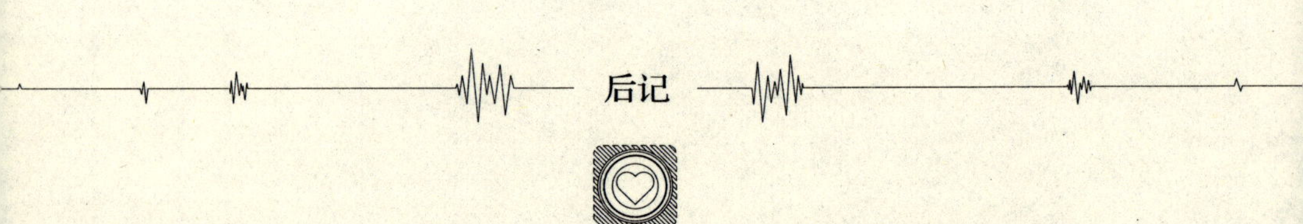

后记

这个夏天，写完小说的当口，朋友打来电话，和我说起他重看《欲望都市》的心得。某一集里，大约是专栏作家 Carrie 发新书，她最爱的 Mr.Big 就偷偷坐在下面。事后两人温存，但 Mr.Big 一直想问："你在 39 页写我脾气不好，你真的这么觉得？"

哦，这大概就是对号入座的尴尬之处。还好我没有一个 Mr. Big，会指着书里的最后一页问我："项斯微！你竟敢把我写死了？！你去死！"最多最多，就是有好几个尤溪好几个美环扭打在一起，质问我说："你怎么能把朋友写得这么糟糕！那不是我！"

因此，书中的她们，当然不是我身边的某一个固定的人。我也不是罗秋楠——罗秋楠可是个平胸。

但依旧要感谢我周围的兄弟姐妹们，给我提供了那么多那么多的素材，远比小说中的更加精彩。

我依然相信，无论是书里的她们，还是我的朋友们，大家都浑然忘我地活在我们周围的某一个角落里，苦苦追索着一种叫做爱的东西。是的，经历了这么多年的时间，我发现，依然只有爱情这样的东西，才可以使我们长久地连系在一起，使我们情绪起伏，使我们热泪盈眶。我十八岁时相信的那些东西，二十八岁了依然存在，多好。

但请我的爸爸妈妈看完这本书，一定不要伤心得大哭，“我的女儿活得好悲惨！世间怎么有这么多坏男人……女儿……你在上海过得这么乱啊……爸爸该怎么办……你什么时候结婚……”我的性格命运可比罗秋楠好多了，只是我们都相信爱罢了。

就是这么回事。

希望看完此书的你们，也永远都不要放弃。在难过的时候，寂寞的时候，一个人住的时候，摔倒的时候，被车撞的时候……都不要放弃追寻爱的可能性。没有谁能够假装喜欢另外一个人。我尝试过了，那滋味真的不太妙，连融咪的猫粮都不如。所以，安心等待你们的男主角吧。

项斯微 with 融咪

2010 年夏天

| TOP 25

2010 年上海最世文化发展有限公司畅销书排行榜

排名	书名	作者
1	小时代 2.0 虚铜时代	郭敬明
2	小时代 1.0 折纸时代	郭敬明
3	悲伤逆流成河	郭敬明
4	幻城	郭敬明
5	悲伤逆流成河（新版）	郭敬明
6	西决	笛安
7	全世爱	苏小懒
8	不朽	落落
9	这些都是你给我的爱	安东尼
10	东霓	笛安
11	全世爱Ⅱ·丝婚四年	苏小懒
12	须臾	落落
13	任凭这空虚沸腾	王小立
14	尘埃星球	落落
15	N. 世界	郭敬明 年年
16	小时代 1.5 青木时代 VOL.2	陌一飞 郭敬明 猫某人
17	小时代 1.5 青木时代 VOL.1	陌一飞 郭敬明 猫某人
18	夏至未至（2010 年修订版）	郭敬明
19	陪安东尼度过漫长岁月	安东尼
20	浮世德	陈晨
21	小时代 1.5 青木时代 VOL.3	陌一飞 郭敬明 猫某人
22	直到最后一句	卢丽莉
23	燃烧的男孩	李枫
24	四重音	消失宾妮
25	青春白恼会 VOL.3 高校大作战	千靥 爱礼丝 阿敏

ZUI Book

CAST
男友告急

作者
项斯微

选题策划
郭敬明

选题出品
金丽红 黎 波

项目统筹
阿 亮 痕 痕

责任编辑
陈 曦

助理编辑
高苑卿

特约编辑
张叶青

责任印制
张志杰

装帧设计
ZUI Factor

封面设计
胡小西

内页设计
Fredie.L R.Jobim

出版社
长江文艺出版社

出品
上海最世文化发展有限公司

官方论坛
http://www.zuibook.com/bbs

平台支持
最小说 ZUI Factor

新出图证（鄂）字 3 号

图书在版编目（CIP）数据
男友告急 / 项斯微 著 武汉：长江文艺出版社，2010.08
ISBN 978-7-5354-4554-4
I. ①男… II. ①项… III. ①长篇小说 - 中国 - 当代 IV. ① I247.5
中国版本图书馆 CIP 数据核字（2010）第 104967 号

男友告急

项斯微 著

选题策划：郭敬明
选题出品：金丽红 黎 波
项目统筹：阿 亮 痕 痕
责任编辑：陈 曦
助理编辑：高苑卿
特约编辑：张叶青
封面设计：胡小西
装帧设计：ZUI Factor
媒体运营：赵 萌
责任印制：张志杰

出版：湖北长江出版集团
长江文艺出版社
电话：027-87679310
传真：027-87679300
地址：湖北省武汉市雄楚大街 268 号湖北出版文化城 B 座 9-11 楼
邮编：430070
发行：北京长江新世纪文化传媒有限公司
电话：010-58678881 传真：010-58677346
地址：北京市朝阳区曙光西里甲 6 号时间国际大厦 A 座 1905 室
邮编：100028
印刷：三河市鑫利来印装有限公司
开本：640×960 毫米 1/16 印张：12.25
版次：2010 年 8 月第 1 版 印次：2010 年 8 月第 1 次印刷
字数：134 千字

sina 新浪读书
book.sina.com.cn

定价：22.80 元

我们承诺保护环境和负责任地使用自然资源。我们将协同我们的纸张供应商，逐步停止使用来自原始森林的纸张印刷书籍。这本书是朝这个目标前进迈进的重要一步。这是一本环境友好型纸张印刷的图书。我们希望广大读者都参与到环境保护的行列中来，认购环境友好型纸张印刷的图书。